愛經典

閱讀經典，成為更好的自己。

動物農莊

ANIMAL FARM

喬治·歐威爾 著　楊煉 譯
George Orwell

人是唯一只消費不生產的生物。

所有動物一律平等。

戰爭就是戰爭。

這每一吋土地都是他們自己的財產。

外部和內部的敵人都被打敗了。

他說，最真實的幸福，在於勤奮工作、簡樸生活。

而現在他們是自由的。

所有動物一律平等，但有些動物比其他動物更平等。

外面的動物從豬看到人，又從人看到豬，看來看去：已經不可能分清誰是誰了。

緣起

卡爾維諾說：「『經典』即是具影響力的作品，在我們的想像中留下痕跡，並藏在潛意識中。正因『經典』有這種影響力，我們更要撥時間閱讀，接受『經典』為我們帶來的改變。」因為經典作品具有這樣無窮的魅力，時報出版公司特別引進大星文化公司的「作家榜經典文庫」，期能為臺灣的經典閱讀提供另一選擇。

作家榜經典文庫從二〇一七年起至今，已出版超過六十本，迅速累積良好口碑，不斷榮登豆瓣讀書暢銷榜。本書系的作者都經過時代淬鍊，其作品雋永，意義深遠；所選擇的譯者，多為優秀的詩人、作家，因此譯文流暢，讀來如同原創作品般通順，沒有隔閡；而且時報在臺推出時，每部作品皆以精裝裝幀，質感更佳，是讀者想要閱讀與收藏經典時的首選。

現在開始讀經典，成為更好的自己。

目次

第一章 25
第二章 36
第三章 45
第四章 53
第五章 59
第六章 70

第七章 80
第八章 93
第九章 109
第十章 121
譯後記 無限趨近歐威爾 134

第一章

向晚時分，梅諾農莊的瓊斯先生鎖上雞舍，但他醉得太厲害，忘了關上裡面幾扇小門。他跟著燈籠左搖右晃跳著的光圈舞，歪歪斜斜地穿過院子，在後門踢掉了靴子，從廚房大桶裡給自己舀了最後一杯啤酒，然後一路向床奔去，那兒，瓊斯太太早已鼾聲大作。

臥室裡燈光一熄，整個農莊屋舍就掀起一番大亂。白天裡一直在議論紛紛，說老少校——就是那頭得過大獎的大白豬，前一天晚上做了個奇怪的夢，想跟其他動物講講。大家一致同意，等瓊斯先生一走，就到大穀倉那裡集合。老少校（大家都這麼叫他，雖然他參加大賽那時用的大名是「威靈頓美人」）在農莊裡享有很高威望，所以每位動物都樂意犧牲一小時睡眠，來聽聽他要說什麼。

在大穀倉的一頭，一個高檯子似的東西上，少校已經窩在他的稻草床上了，頭上的橫梁上懸著一盞燈。他十二歲了，最近更為發福，但他仍然是一頭氣派十足的豬，就是帶著那從未修剪過的獠牙，也有一副聰慧仁慈的堂堂相貌。很快，別的動物也到了，各自找到舒服的方式安頓下來。最先進來的是三條狗，藍鈴、傑西和鉗子，然後是一群豬，立刻在檯子前面的稻草上臥下來。母雞都蹲在窗臺上，鴿群鼓翅飛上椽子，羊啊牛啊趴在豬群後面，開始反芻。兩匹拉貨車的馬，拳擊手和苜蓿，一起走進來，慢慢放下他們的大毛蹄子，免得一不小心踩到稻草蓋著的小動物。苜蓿是一匹豐滿的母馬，接近中年了，產下第四個孩子後就再沒恢復過身材。拳擊手是個大塊頭青年，差不多有六呎高，力氣有兩匹普通的馬加起來那麼大。一道貫穿鼻梁的白斑讓他顯得有點蠢，事實上他也不算最聰明，但大家都很尊敬他，因為他性格穩重，做起事來又力大無窮。馬兒後面進來的是白山羊穆里爾和驢子班傑明。班傑明是農莊裡最年長的動物，脾氣也最壞。他沉默寡言，但只要開口，一定是說些酸言酸語——比如，他說老天爺給他一條尾巴趕蒼蠅，但他寧願不要尾巴也不要蒼蠅。他在農莊動物之中從來不笑。要是問他為什麼，他會說沒看到有什麼值得一笑的。他沒公開承認過，但他確實只聽命於拳擊手，他倆經常一起待在果園外面的小草地上度週末，並肩吃草，都不說話。

兩匹馬剛臥下，就擁進來一群找不到媽媽的小鴨子，在穀倉裡嘎嘎叫著轉來轉去，到處找一個不會被踩到的地方。苜蓿蜷起粗壯的前腿，圍成一個圈，小鴨子安頓進去趕緊打個盹。最後一刻，進來了專門拉瓊斯先生座車的莫莉，那匹傻裡傻氣的漂亮白母馬，她搔首弄姿地晃進來，嘴裡還嚼著一塊糖。她擠到前排，開始調情似的抖動白鬃毛，想引起大家注意紮在上面的紅緞帶。最後進來的是貓，像往常一樣，她左顧右盼，要找暖和的地方，最後擠進拳擊手和苜蓿之間；老少校說話的時候，她在那裡沒完沒了地打呼，一個字也沒聽見他說什麼。

所有動物都到齊了，除了摩西，那隻馴化了的烏鴉，他在後門那兒的一根橫杆上睡著了。少校見大家都舒舒服服各就各位，在凝神靜等他開口，就清了清嗓子說：

「各位同志，你們都聽說了我昨晚做了個奇怪的夢。但我之後再說它。我要先說點別的事。各位同志，我認為我不會和你們再一起生活太久了，而在我死之前，我覺得有義務把我積攢下來的智慧傳授給你們。我的壽命已經很長，當我獨自躺在自己的圈裡，我有很多時間思考。我想，我能說已經知道了活在這世上是怎麼一回事，而且知道的一點不亞於任何還活著的動物。我就是想對你們談談這一點。

「現在，各位同志，請想想我們的生命到底有什麼意義？讓我們面對現實：我們的生活是悲慘的，勞碌辛苦，又短暫匆促。我們出生，給我們的吃食剛夠勉強活命，我們中還能做的，都被逼迫著勞動，直到榨乾最後一滴血汗；而只要我們不再中用了，就會被毫不留情地屠宰掉。在英格蘭，沒有一隻超過一歲的動物懂得幸福和閒暇的意義。沒有一隻動物有自由。一隻動物的生命就是磨難和苦役：這是一目瞭然的事實。

「但難道這是天命該當如此嗎？是因為我們的土地太過貧瘠，以致無力讓棲居其上者過上體面的日子嗎？不，各位同志，一千個不！英格蘭的土地肥、氣候好，它生產出的糧食足夠豐富，能養活比現在多得多的動物。我們這個農莊就能養活十幾匹馬、二十頭牛、數百頭羊——而且這些動物都能舒舒服服、有尊嚴地活著，好得遠遠超出我們的想像。那麼，為什麼我們還繼續活得這麼慘？因為我們所有的勞動果實幾乎都被人類偷走了。各位同志，這就是所有問題的答案。它歸結於一個詞——人。人是我們唯一的對頭。把人驅逐出大地，就會永遠剷除掉飢餓和辛勞的根源。

「人是唯一只消費不生產的生物。他不產奶，他不下蛋，他體力太弱，拉不了犁，他跑得太慢，抓不到兔子，但他卻是所有動物的主子。他派我們工作，卻給我們僅夠餬口的最少回報，其餘的他統統獨占。我們辛勤耕作大地，我們的糞便給土地施肥，而我們除了一張皮之外一無所有。你們、我眼前的乳牛，你們這一年產了幾千幾百加侖的牛奶？這些本該餵養出強壯小牛的奶水哪兒去了？每一滴都流進了我們敵人的喉嚨！而你們這些母雞，今年產下了多少雞蛋啊，但其中有多少蛋孵出了小雞？其餘那些蛋都被送到市場上，給瓊斯和他的夥計賺回了鈔票。而你，苜蓿，你生的那四隻小馬哪兒去了？你老了誰來服侍你、帶給你快樂？他們每一隻都是到了一歲就被賣掉——你永遠也別想再見他們一面。而你一輩子四次懷胎產崽、耕作勞碌，除了一口吃的和一個馬廄，還有什麼回報？

「但就算我們過得這麼悲慘，也不能讓我們得享天年。我自己沒什麼可抱怨的，我還算是幸運的。我已經十二歲，有四百多個孩子。對一頭豬來說，這就算好命啦。但任何動物都逃不了最後狠狠挨一刀的命運。你們這些坐在我面前的小豬，一年之內，你們每一隻都會在木架子上尖叫著丟掉小命。我們全都會大禍臨頭——牛、豬、雞、羊，所有動物。連馬和狗也逃不脫厄運。你，拳擊手，當你強壯的肌肉不再有力的那一天，瓊斯就會把你賣給屠夫，他會切斷你的喉嚨，把你煮了餵獵狐犬。至於狗呢，當他們老得沒了牙，瓊斯就給他們脖子上拴塊磚頭，扔到附近的池塘裡淹死。

「那麼，這不是再清楚不過了嗎？各位同志，難道這生活的罪孽不全都來自人類的暴政？只有掙脫人類，我們的勞動果實才屬於自己。只需一夜，我們就會變得富有而自由。那我們應該做什麼？為什麼還要日日夜夜、拚死拚活地為人類賣命！這就是我要對你們說的話，各位同志：造反吧！我不知道造反的那一天何時到來，可能一星期以後，可能一百年以後，但我知道，就像看到我腳下這根稻草那麼確定無疑，正義遲早會建立起來。各位同志，透過你們短短的一生，定睛看清這一點吧！而且最重要的是，把我的這條訊息傳遞給你們的後代，這樣子子孫孫一代代奮鬥下去，直至勝利的那一天。

「記住，各位同志，你們的決心絕不能動搖。不要讓任何爭論把你們導入歧途。當誰告訴你人和動物有共同利益、一方受益大家受益，絕對不要聽信。那都是謊言。人只會為私欲謀利。而我們動物要好好團結一心，在戰鬥時同心協力。所有人類都是敵人。所有動物都是同志。」

此時發生了一陣巨大的騷動。正當少校講話的時候，四隻大老鼠躡手躡腳爬出洞，蹲坐在後腿上聆聽。幾條狗突然看到了他們，正要撲過去，老鼠一溜煙鑽回洞去，這才保住了性命。少校抬起蹄子，要大家肅靜。

「各位同志，」他說，「這裡有一點必須弄清楚。野生動物，比如老鼠和兔子——他們是我們的朋友還是敵人？讓我們對此加以表決吧。我向大會提交這個問題：老鼠是同志嗎？」

表決當即進行，結果絕大多數動物贊成老鼠是同志。只有四位持有異見：三條狗和一隻貓，大家後來發現貓既投了贊成票又投了反對票。少校繼續說：

「我還想再說一些。只是重申，要永遠記住你們的責任，與人類及他們的所作所為勢不兩立。無論誰，兩條腿的就是敵人，四條腿或有翅膀的就是朋友。還要記住，在對人類的戰鬥中，絕不能學他的樣，哪怕是戰勝了他以後，也不要沾染他的惡習。任何動物都不得住進房子，或睡在床上、穿衣服、喝酒、抽菸、碰錢，也不得做買賣。所有人類的習慣都是罪惡。而最為重要的一點就是，任何動物不得凌駕欺壓同類。不論強壯或弱小、聰明或樸拙，我們都是兄弟。動物之間不得自相殘殺。所有動物一律平等。

「現在，各位同志，我要告訴你們我昨晚做的夢。我很難把它描述清楚。它和人類消失之後的大地有關。但它喚起了一些我久已忘記的事。許多年前，當我還是小豬，我母親和其他母豬曾唱過一首老歌，不過她們只會哼那個曲調，只記得開頭三個詞。我從小就熟知那個調子，卻老早以前就忘了它。然而昨天夜裡，它又在我夢中回來了。而且，整首歌的歌詞也回來了——我肯定，很久以前，動物界曾傳唱過那歌詞，卻失傳了好多代。各位同志，我現在要給你們唱這首歌。我老了，嗓音也粗啞了，但我教給你們這曲調後，你們能為自己好好演唱。這首歌叫作〈英格蘭的獸類〉。」

老少校清了清嗓子，唱了起來。就像他說的，他的嗓音粗啞了，但他唱得夠好，那是首旋律激昂的歌曲，有點介於美國民歌〈克萊門婷〉和墨西哥民歌〈蟑螂之歌〉之間。歌詞唱道：

英格蘭的獸類、愛爾蘭的獸類
每塊鄉土上的獸類
傾聽我歡悅地歌唱
我們金色燦爛的未來

遲早會降臨那一天
暴虐的人類將被推翻
英格蘭果實累累的鄉野
將只有獸類漫遊其間

鼻環將自鼻孔中消失
背上也不再馱著鞍具
嚼鐵和馬刺永遠腐鏽
再聽不見殘忍的鞭子

比能想像的還要豐饒
大麥小麥、燕麥乾草
苜蓿葉、大豆和甜菜
都歸我們，要多少有多少

當那天我們得到了自由
光明將輝映英格蘭的田疇
那兒清泉更加甜美
微風吹拂更加溫柔

我們都必須全力鬥爭
為那一天，哪怕付出犧牲
牛馬鵝雞，我們大家
流血流汗，為自由之夢

英格蘭的獸類、愛爾蘭的獸類
每塊鄉土上的獸類
聽清並傳唱我的歌吧
歌唱金色燦爛的未來

這首歌唱得動物都欣喜若狂。不等少校唱完，他們自己就開始跟上去唱了。即使他們中最笨的也找到了調子和幾個詞。而那些聰明的傢伙，像狗和豬，幾分鐘裡就記住了整首歌。接著，又試著練唱過幾次之後，整個農莊裡爆發出了雄壯整齊的〈英格蘭的獸類〉大合唱。牛群低牟，狗群高吠，羊聲咩咩，馬聲嘶嘶，鴨子嘎嘎。這首歌讓他們如此振奮，一口氣唱了五遍，要不是被打斷了，搞不好會唱個通宵。

不幸的是，這場騷動吵醒了瓊斯先生，他跳下床來，要搞清楚是不是院子裡來了狐狸。他抓起總立在臥室牆角的槍，朝黑暗中猛射了一梭子六號子彈。子彈都射進了穀倉的牆裡，大會只好匆匆結束。每隻動物都逃回了自己睡覺的地方。禽鳥蹦上橫杆，動物縮進草欄，整個農莊頓時沉入了安睡。

第二章

又過了三個晚上，老少校在睡夢中安詳去世了。他的遺體被埋在了果園裡。

此時是三月初。在接下來的三個月裡，進行了許多祕密活動。少校一席話，給了農莊裡那些比較聰明的動物一個全新的生命展望。他們不知道少校預測的造反何時會到來，他們沒有理由認為這會發生在他們的有生之年，但清楚地感到自己有義務為此做好準備。教育和組織其他動物的工作理所當然地落到了豬的身上，大家公認他們是最聰明的動物。群豬的首領是兩頭年輕的公豬：雪球和拿破崙，瓊斯先生要把他們培育成種豬來出售。拿破崙是一頭長相猙獰、大個頭的伯克郡豬，是農莊裡唯一的伯克郡豬，他不怎麼開口，可是出了名的特立獨行。雪球比拿破崙活潑一點，說話更快，鬼主意更多，但被認為性格不夠深沉穩重。農莊裡其他公豬都是肉豬。其中一頭叫作「嚎叫者」的小肥豬最有名，他下巴滾圓，眼睛忽閃，動作很靈活，還有著尖厲的嗓音。他是高明的演說家，當他論證某些困難的觀點時，可以說得左右逢源、滔滔不絕，那搖來擺去的尾巴，好像也帶上了說服力。大家都說嚎叫者能把黑的說成白的。

這三位把老少校的教誨詳盡歸納成一整套有系統的思想，給它起名為「動物主義」。每週幾個夜晚，等瓊斯先生睡著後，他們在穀倉裡祕密集會，向其他動物闡釋動物主義的原則。起初不少動物對他們說的反應遲鈍，或漠不關心。有些動物還提起對瓊斯先生（他們叫他「主人」）有保持忠誠的義務，或說出「瓊斯先生餵養了我們。要是沒有了他，我們都得餓死」之類的蠢話。還有一些動物問到「我們何苦在意自己死後的事呢」或「如果無論怎樣都會發生造反，那我們為之奮鬥或不奮鬥有何區別」之類的問題。那些豬費了好大力氣，要讓他們懂得這有違動物主義的精神。所有問題中最愚蠢的來自莫莉，那匹白母馬。她問雪球的第一個問題是：「造反後還有糖吃嗎？」

「沒有，」雪球斬釘截鐵地說，「我們的農莊做不出糖來。另外，你也不需要糖。燕麥和乾草都是你的，想吃多少有多少。」

「那還允許我在鬃毛上繫緞帶嗎？」莫莉問。

「同志，」雪球說，「如此讓你迷戀的緞帶，其實是一種奴隸的標誌。難道你不明白自由比緞帶寶貴得多嗎？」

莫莉認可了，然而她看起來並沒心服口服。

群豬甚至得費更大的力氣去反駁烏鴉摩西散布的謊言。摩西是瓊斯先生的特殊寵物，他是間諜、告密者，但又是巧言善辯的演說家。他宣稱知道有一個叫作「蜜糖山」的神祕國家，所有動物死後都會去那裡。摩西說，它坐落在天上某處，過了雲端再遠一點就是。在蜜糖山，一週七天都是星期天，全年都是苜蓿草的生長期、糖塊和亞麻籽蛋糕就長在樹籬上。其他動物都很討厭摩西，因為他光說話不做事，但還是有些動物相信蜜糖山，群豬得費盡口舌勸說他們壓根就沒有這種地方。

群豬最忠誠的追隨者是那兩匹拉貨車的馬：拳擊手和苜蓿。這兩位很難自己思考任何問題，但一度把那些豬當作自己的老師，豬說什麼他們都信，再簡單加油添醋後就轉達給其他動物。他們從不缺席穀倉裡的祕密集會，並在每次會議結束時，都帶頭領唱〈英格蘭的獸類〉。

現在，造反來得比任何人的預期都早得多，也容易得多。過去那些年裡，瓊斯先生雖然是嚴厲的主人，卻也是能幹的農莊主人，但最近他走了霉運。他在一次官司中輸掉一筆錢財之後，開始變得冷酷無情，而且酗酒無度。有時候，他會整天攤坐在廚房裡他那把溫莎椅上，讀報、喝酒，時而餵摩西吃點浸過啤酒的麵包皮。他的夥計又懶又不老實，田裡長滿了雜草，屋頂都破舊失修了，籬笆沒人打理，動物都吃不飽肚子。

六月到了，是收割牧草的時候了。在施洗約翰節前夜，一個星期六，瓊斯先生去了威靈頓，在紅獅酒吧醉得一塌糊塗，直到星期天中午才回來。夥計一大早擠好了牛奶，把餵動物的事忘在腦後，就出去獵兔子了。瓊斯先生一到家，倒頭就在客廳裡的沙發上睡下了，還把《世界新聞報》蓋在臉上，所以到了晚上，動物仍然餓著肚子。終於，他們再也忍受不住了。一頭母牛用犄角頂穿了飼料棚的門，所有動物湧出他們的圈欄，開始搶食餵飽自己。就在那時，瓊斯先生醒了。轉眼之後，他帶著四個夥計來到飼料棚，手執皮鞭，四面八方猛抽亂打。這比飢餓更令動物不可忍受。雖然事先沒任何計畫，但不約而同地，他們一起朝那些惡棍猛撲過去。瓊斯和他的夥計突然發現，四面八方都是來自犄角和蹄子的攻擊。局勢完全失去了控制。他們從未見過動物有如此行為，這些向來任隨他們鞭打和奴役的畜生，突然起來暴烈反抗，驚得他們目瞪口呆。只一小會兒之後，他們就放棄了防衛，落荒而逃。再一分鐘後，那一夥五個人全都跳進推車，朝大路狂奔而去，而動物在後面乘勝追擊。

瓊斯太太從臥室窗戶看出去，目睹了剛剛發生的一幕，急急忙忙把一些細軟捲進毛氈袋裡，從另一條路逃離了農莊。摩西從橫杆上躥起，拍著翅膀，一路大叫著追隨她而去。同時，動物把瓊斯先生和他的夥計驅逐到大路上，在他們身後關上了有五道門閂的大門。就這樣，在他們還沒弄清發生了什麼事之前，造反已經大功告成：瓊斯一行人被驅逐了，梅諾農莊屬於動物了。

剛開始的幾分鐘裡，動物簡直不敢相信自己的好運氣。他們第一個舉動，就是沿著農莊邊界跑上一圈，確保沒有人藏身其中；接著他們奔回農莊各個房屋畜棚，清除掉瓊斯罪惡統治留下的痕跡。馬廄盡頭的工具間被砸開了：馬嚼子、牛鼻環、拴狗鏈，還有瓊斯先生用來閹割豬羊的殘忍的刀子，統統被扔進了井裡。轡繩、籠頭、眼罩、屈辱的馬糧袋以及皮鞭，都被丟進了院子裡燃燒垃圾的熊熊火堆。所有動物看到皮鞭燃起烈焰，都歡欣雀躍。雪球還把趕集的日子裝飾馬鬃和尾巴的緞帶也扔進了火裡。

「緞帶，」雪球說，「該被看作一種衣物，那是人的標誌。所有動物都不該穿衣服。」

拳擊手一聽這話，取來一頂夏天給他耳朵擋馬蠅的小草帽，和其他東西一起扔進了火堆。

不一會兒，動物已經毀掉了一切能提醒瓊斯先生存在的東西。接著拿破崙領他們回到飼料棚，分給每一位雙倍分量的玉米粒，每條狗分到兩塊餅乾。然後，他們把

〈英格蘭的獸類〉從頭到尾高唱了七遍，再後來他們都安頓下來過夜，沉沉大睡，好像從來沒睡得如此香甜酣暢過。

而第二天，他們像平日那樣在清晨醒來，忽然記起了剛剛發生的英雄壯舉，大家一起奔到牧場上。牧場不遠處，有座能俯瞰幾乎整座牧場的小丘。動物趕到小丘頂上，從那兒，在清澈的晨光中四下眺望。是的，這屬於他們自己了——他們眼中的一切，都屬於自己了！他們因這想法而感到激動，快樂地跑啊跳啊，興奮得奮力向空中躥啊。他們在露珠上打滾，嘴裡滿含著夏天香甜的青草，他們踢碎黑漆漆的土塊，嗅著泥土馥郁的芬芳。然後，他們無言地懷著欽敬，巡遊檢閱了整個農莊，田地呀、草場呀、果園呀、水池呀、樹叢呀。就像從來沒見過這些東西似的，而到現在也還難以相信，這一切的一切，都是他們自己的了。

而後，他們飛奔回到農莊房屋那裡，在農莊主人的住屋門外靜靜停下來。這也是他們的了，但他們不敢進屋去。過了一會兒，雪球和拿破崙用肩膀撞開了大門，動物排成一列走進去，小心翼翼地邁步，生怕弄壞了任何東西。他們踮起腳尖從一個房間走到另一個房間，只敢耳語著小聲說話，一邊用敬畏的目光打量著那難以置信的奢華：床上鋪著用他們的羽毛做的床墊，明晃晃的穿衣鏡，馬鬃填充的沙發，布魯塞爾地毯，客廳壁爐臺上維多利亞女王時期的版畫。正當他們下樓時，發現莫莉不見了。大家轉身回去，在一間最好的臥室裡找到了她。莫莉正拿著一條從瓊斯太太梳妝檯裡找到的藍緞帶，把它披在自己肩上，傻裡傻氣地欣賞鏡子裡自己的芳容。其他動物狠狠譴責了她，就都出去了。廚房裡掛著的幾條火腿被拿出去埋掉了，拳擊手用蹄子一腳踢破了碗碟間裡的啤酒桶，房子裡其餘的東西他們都沒動。現場一致通過了一項決議：農莊住屋應該被保留作博物館。大家都同意，任何動物不得住在那裡。

動物吃過早飯，雪球和拿破崙再次把他們召集到一起。

「各位同志，」雪球說，「現在是六點半，我們前面還有很長的一天。今天，我們開始收割乾草。但首先需要注意另外一件事。」

群豬表示，在過去三個月裡，他們已經學會了讀和寫，用的是瓊斯先生的孩子扔進垃圾堆的拼寫課本。拿破崙給他們弄來了幾罐黑白油漆，帶他們來到通大路的那扇有五道門的大門前。雪球的書法最好，他用兩瓣豬蹄尖夾起一把刷子，塗掉大門頂欄上的「梅諾農莊」，又在那裡寫上了幾個大字：動物農莊。從此，這就是農莊的名字了。做完這件事，他們又回到農莊屋舍處，雪球和拿破崙又讓搬來一把梯子，把它靠在大穀倉盡頭的牆上。他們解釋說，經過過去三個月的研究，群豬成功地把動物主義原則濃縮成了七條戒律。這七條戒律現在將被刻寫在牆上，將成為動物農莊裡的不變大法，所有動物都必須永遠遵守。雪球費了些勁（因為豬要在梯子上保持平衡實在不容易）爬到了梯子上端，寫起字來，嚎叫者舉著油漆罐站在他下面幾個梯級上。黑瀝青的牆上，白色大字寫下的七條戒律，醒目得在三十碼開外都看得清清楚楚。內容是這樣的：

七戒

1. 兩條腿的都是敵人。
2. 四條腿或長翅膀的都是朋友。
3. 動物都不得穿衣服。
4. 動物都不得上床睡覺。
5. 動物都不得飲酒。
6. 動物都不得殺害其他動物。
7. 所有動物一律平等。

這些戒律寫得工工整整，只除了「朋友」一詞裡有兩個字母寫顛倒了，還有一個S的方向寫反了，其餘拼寫完全正確。雪球為下面的諸位大聲朗讀了一遍。所有動物紛紛點頭，完全贊成，那些聰明些的都開始把這幾條戒律背下來了。

「現在，各位同志，」雪球扔掉油漆刷子，大喊道，「去草場！讓我們爭得這個榮譽，比瓊斯和他的夥計收割得更快。」

但就在此時，那三頭前些時候顯得有點不自在的母牛，發出一聲響亮的牟叫。她們已經一天一夜沒擠奶了，她們的乳房脹得要命。群豬想了一下，弄來了水桶，很順利地給她們擠完了奶。他們的蹄子還挺適合做這種事。很快就有了五大桶泛著泡沫的牛奶，很多動物帶著強烈的好奇心看著這幾桶牛奶。

「這些牛奶有什麼用？」有的動物問。

「瓊斯有時會在給我們的飼料裡混一點牛奶。」一隻母雞說。

「別管牛奶了，各位同志！」拿破崙站在桶前面喊道，「那些會被安排好的。收割才是當務之急。雪球同志會帶路。我隨後就到。前進吧，各位同志！乾草在等著我們。」

於是動物整隊向草場出發，開始收割，當他們傍晚回來時，發現牛奶都不知去向了。

第三章

收割乾草的差事，讓他們多麼辛苦費力、汗水淋淋啊！但他們的努力獲得了回報，收割甚至比預期的更成功。

有時工作確實累得要命；工具是為人類而不是為動物設計的，最大的困難是，沒有動物能使用靠兩條腿站起來才能用的玩意。但群豬聰明絕頂，他們能想出各種法子，克服一切困難。而馬呢，他們熟悉每一吋土地，事實上，他們知道怎麼刈草和耙地，比瓊斯和他的夥計做的好多了。群豬其實不做事，但他們指導和監督其他動物。憑著他們的聰明才智，自然而然承擔了領袖的角色。拳擊手和苜蓿自己套上割草機或馬拉耙機（當然，這時候不再需要嚼子或韁繩），邁開穩健的大步，在田裡繞來繞去。一頭豬跟在他們身後，根據不同情況吆喝著「駕！快一點，同志！」或「吁！回來，同志！」。每一隻動物，包括最不起眼的那些，都投身於割草和歸垛的工作。就連雞鴨也頂著烈日來回奔走，用尖嘴叼運小小的草束。最終，他們比瓊斯和他的夥計提前兩天收完了乾草。更棒的是，這是這農莊有史以來最大的一次豐收。沒有絲毫浪費；雞鴨目光犀利，不放過最後一根草莖。農莊裡每隻動物都廉潔奉公，沒偷吃過一口東西。

整個夏天裡，農莊裡的工作像上了發條的時鐘穩步進行。動物開心死了，他們從沒料到會有這樣的好日子。吃到嘴裡的每一口食物都溢滿幸福的滿足感。現在，這些食物真正是他們自己的，自己生產出來，供自己享用，而不是由吝嗇的主人施捨的。剷除了寄生蟲般沒用的人類，每隻動物分得的食物更多了。閒暇也更多了，雖然動物對此還不太熟悉。他們遇上了很多困難，但憑藉群豬的聰穎和拳擊手的大力氣，他們總能順利過關。比如說，那年晚些時候，在穀物收穫時節，由於農莊裡沒有脫粒機，他們只好使用古老的辦法，用嘴吹去穀物外殼。拳擊手令大家欽佩不已。當瓊斯還在這裡時，他就以工作勤奮著稱。如今，他更是一個抵三個；有的時候，似乎農莊裡所有的工作都落到了他強有力的肩膀上。他從早到晚推呀拉呀，總是出現在農事最艱苦的地方。他和小公雞中的一隻約好了，每天早晨提前半小時喊醒他，好讓他在日常上班之前，先到那些最需要出力的地方，做一些志願勞動。他對任何難題、任何艱險，只有一個回答：「我會更賣力做！」——這句話已經被他當作了座右銘。

但是每隻動物也都盡其所能地工作。比如說，雞和鴨搜集散落的糧食顆粒，在收穫季節裡節約了五蒲式耳的穀物。沒有誰偷竊，沒有誰抱怨口糧不足，過去日子裡常見的爭吵、廝打和嫉妒，現在差不多都消失了。沒有誰偷懶——或者說幾乎沒有誰。說實在的，莫莉早上起來總是拖拖拉拉，下地做事，也總是藉口蹄子間夾了塊石頭就早早收工了。貓的表現也有點奇怪。大家很快注意到，只要有事情等著做的地方，總難尋見貓的身影。她會失蹤幾個小時，最後在吃飯時或傍晚收工時重新現身，就像什麼事也沒發生過似的。但她總是能找到最好的理由，叫聲又那麼親暱，以致沒法相信她懷有什麼不良動機。老班傑明，那頭驢子，自從造反以來似乎沒什麼變化。他還像以前在瓊斯時代那樣，用他那種慢吞吞的固執方式工作，從不偷懶，也絕不多做一點。他對造反及其成果閉口不說任何意見。當被問到現在瓊斯離開了，他是不是沒有以前那麼快樂，他只說：「驢子能活很久，你們誰也沒見過死驢。」別的動物只好同意這個高深莫測的回答。

星期天不用工作。早飯開始得比平時晚一小時。飯後會有一個儀式，每週舉行，從不例外。首先是升旗。雪球在工具室找到了一塊瓊斯太太的綠色舊桌布，在上面用白顏料畫了一隻蹄子和一隻犄角。每個星期天早上，這塊布就在農莊住屋花園裡的旗杆上升起。雪球解釋說，旗子是綠色的，代表英格蘭的綠色田野，而蹄子和犄角則意味著未來的動物共和國，它將在徹底推翻人類之後建立起來。升旗儀式後，所有動物列隊進入大穀倉，舉行全體集會，稱為大會。在會上要計畫下一週的工作，並提出若干議案和加以討論。議案總是由豬提出的。其他動物知道怎麼投票，卻從來想不出提自己的議案。雪球和拿破崙在討論中表現最為活躍。但大家也注意到這兩位向來意見不合：無論其中誰提出什麼建議，另一個立刻會反對。甚至對誰也沒有異議的已通過的決議也如此，例如把果園後面一小片牧場留作過了勞動年齡的動物的養老之地，依然爆發出一場關於各種動物退休年齡的風暴般的爭辯。大會總是高唱著〈英格蘭的獸類〉結束，而下午則定為娛樂時間。

群豬撥出工具室設立了自己的指揮部。在這兒，傍晚時分，他們從農莊住屋中找出的書裡學習打鐵、木工和其他必要的工藝。雪球還忙於把其他動物組建成他名為「動物委員會」的組織。他為此不眠不休。除了安排讀寫課程外，他又為母雞組織起雞蛋生產委員會，為乳牛組織起牛尾清潔同盟，為了馴化老鼠和野兔，建立起了野生同志再教育委員會，為綿羊籌畫白羊毛運動及其他種種。總體來說，這些項目無一成功。比如說，嘗試馴化野生動物，幾乎立時三刻就失敗了。他們一如既往的冥頑不靈，稍微對他們寬容點，馬上就趁機占便宜。貓加入了再教育委員會，前幾天表現得非常積極。有一天，大家看見她坐在屋頂上，對著幾隻她搆不著的麻雀說話。她告訴他們，現在所有動物都是同志，如果哪隻麻雀願意，可以過來落在她的爪子上；但麻雀依然和她保持距離。

不過讀寫課程大獲成功。到了秋天，農莊裡差不多每一隻動物都不同程度地識文斷字了。

而群豬，他們早就很會讀寫了。狗都學會了流利地朗讀，但對閱讀七戒之外的東西毫無興趣。山羊穆里爾，比狗讀得稍好一些，有時在傍晚，她給其他動物朗讀從垃圾堆裡撿來的破報紙。班傑明能讀得和任何一頭豬一樣好，但從來不深造練習。他說，就他目前所知，沒什麼值得一讀。苜蓿學會了所有字母，但沒本事把它們拼成單詞。拳擊手學到Ｄ就再也不會了。他能用他粗壯的蹄子在沙土上畫出Ａ、Ｂ、Ｃ、Ｄ，然後豎起耳朵，站在那裡盯著這些字母看，有時抖一抖額前的鬃毛，使盡渾身力氣，要記起Ｄ後面是什麼，卻從未辦到。有幾回，他真的學會了Ｅ、Ｆ、Ｇ、Ｈ，但當他記住了這幾個，大家發現他又忘了Ａ、Ｂ、Ｃ和Ｄ。最後，他決定，記住最前面四個字母就夠了，而且為鞏固記憶，每天要把這幾個字母寫上個一兩遍。莫莉只學會了拼寫她自己名字的五個字母，其他一概不學。她會用幾根細枝非常優美地擺出字母，裝飾上一兩朵花，再圍著它們繞圈走，欣賞誇耀一番。

農莊裡別的動物都學不會A以後的字母。還有就是那些愚笨點的動物，像羊、雞、鴨，都記不住七戒。反覆思考之後，雪球宣布七戒可以濃縮為一句格言，即：「四腿是好漢，兩腿是壞蛋。」他說，這句話包含了動物主義的精髓。誰徹底理解了這句話，就能安全避開人類的影響。禽鳥首先反對，因為看起來他們也是兩條腿的，但雪球向他們證明那不是同一回事。

「各位同志，鳥兒的翅膀，」他說，「是推動前進的器官，而不是操控系統。所以，它該被認定是一條腿。而區別人類的標誌是手。他們用手做下了所有壞事。」

鳥兒聽不懂雪球的長篇大論，但他們接受了他的解釋，所有其他地位低下一些的動物也開始用心記住這句格言。穀倉頂端的牆上，「四腿是好漢，兩腿是壞蛋」被用更大的字母，刻寫在七戒的上方。當他們記熟後，綿羊進而由衷愛上了這格言，當他們躺在地裡，常常都咩咩念叨著：「四腿是好漢，兩腿是壞蛋！」、「四腿是好漢，兩腿是壞蛋！」，一連念幾個小時，也不覺得累。

拿破崙對雪球的委員會不感興趣。他說在那些成年動物身上花費任何工夫，遠不如教育年輕一代更重要。乾草收割之後不久，傑西和藍鈴就下崽了，她倆生下了九條壯實的小狗。小狗剛剛斷奶，拿破崙就把他們從媽媽身邊弄走了，說是由他負責小狗的教育。他把他們帶到一座閣樓裡，只有從工具室搭梯子才能登上去，小狗被隔離在那兒，農莊其他動物很快就忘了他們。

那些牛奶怎麼神祕失蹤的很快就清楚了。它被加進了群豬每天的飼料裡。現在，早熟的蘋果已經成熟了，果園的草地上，風吹落不少熟透的果子。動物理所當然地認為應該平等分配這些果子；可是有一天，來了命令，所有掉下來的果子都得收集起來，送到工具室裡，供群豬享用。其他一些動物對此嘀嘀咕咕，但嘀咕也沒用。所有的豬在這一點上意見完全一致，連雪球和拿破崙也在內。嚎叫者被派去給大家做必要的解釋。

「各位同志！」他大聲說道，「我希望，你們不要以為我們豬這樣做是由於自私和特權的念頭在作祟。我們中很多位都不喜歡喝牛奶和吃蘋果。我自己就不喜歡。我們吃掉這些東西的唯一目的是保持我們的健康。牛奶和蘋果（科學已經證明，各位同志）所包含的物質，對一頭豬的良好體格絕對必要。我們豬是腦力勞動者。農莊裡所有管理和組織工作都要靠我們。我們日日夜夜看管著你們的財富。我們是在為你們喝奶吃果子。你們知道如果我們豬疏忽了職守會產生什麼後果嗎？瓊斯就會回來！沒錯，瓊斯會回來！毫無疑問，各位同志，」嚎叫者哀求似的大喊著，這邊那邊跳來跳去，尾巴甩個不停，「你們之中肯定沒有誰願意看見瓊斯再回來吧？」

現在，如果有一件事動物可以完全確定，那就是他們都不願意瓊斯回來。每當提到這一點，他們就都閉口無言了。保持群豬身體健康的重要性對誰都顯而易見。於是大家毫無爭議地一致贊同：牛奶和落下的果子，包括大批成熟後的蘋果，都應保留給豬，由他們獨自享用。

第四章

夏末的時候，動物農莊裡發生的事已經傳遍了半個郡。每天，雪球和拿破崙都派出幾批鴿子，他們受命混入鄰近的農莊，給那裡的動物講造反的故事，並教他們唱〈英格蘭的獸類〉。

這一段時間，瓊斯先生大部分時光泡在威靈頓的紅獅酒吧裡，對每個願意聽他傾訴的人抱怨他遭受的可怕的不公：他竟然被一群一無是處的畜生趕出了自己家。總而言之，其他農莊主人都還挺同情他，但剛開始他們也沒幫他做什麼。私底下，他們每個人都悄悄盤算著，怎麼從瓊斯的霉運中撈到些便宜。好在動物農莊旁邊的兩個農莊主人一直不和。其中一個農莊叫狐狸木，那是座荒廢的舊式大農莊，到處雜樹叢生，牧場無人打理，籬笆破敗不堪。它的主人，皮爾金頓先生，是一位性格隨和的農莊主人，頗具紳士風度，他依據季節，在釣魚和打獵上花了大部分時間。另一座農莊叫作平徹菲爾德，要小一點點，但打理得更好些。它的主人叫弗雷德里克先生，一個倔強又精明的人，沒完沒了的官司纏身，以錙銖必較、善於討價還價著稱。這兩位彼此非常看不上眼，極難達成什麼共同意見，哪怕對他們自己都有好處。

然而，他倆都被動物農莊發生的造反嚇壞了，並急於防止自己農莊的動物對此瞭解更多細節。一開始，他們都裝著嘲諷動物自己管理農莊的主意。他們說，過兩個星期這事就會煙消雲散。他們說梅諾農莊（他們堅持叫梅諾農莊，而拒絕接受「動物農莊」的稱呼）的動物一直在自相殘殺，很快就都會餓死了。隨著時間過去，動物顯然沒有餓死，弗雷德里克和皮爾金頓又換了個說法，說現在動物農莊裡邪惡盛行。他們說，那裡的動物都在吃同類的肉，用燒紅的馬蹄鐵互相折磨，共用雌性。這是違抗自然法則必遭的惡果。

然而，沒人完全相信這些故事。關於一個趕走了人類而動物自行管理的美妙農莊的傳言，帶著猜測和渲染不脛而走。那一整年裡，一片造反的浪潮席捲了鄉間。一向聽話的公牛，突然都變得頑野不馴。綿羊衝破籬笆，亂啃苜蓿。乳牛踢翻奶桶。獵馬拒入圍欄，反而把騎手扔了出去。最最重要的，是〈英格蘭的獸類〉連曲帶詞已經家喻戶曉，它以驚人的速度到處流傳。人類聽到這支歌，都要氣炸了，但他們假裝認為它只不過是荒誕不經的。他們說，真不明白動物怎麼會唱這種亂七八糟的垃圾東西。

任何被發現唱這首歌的動物，都當場挨了鞭子。但這歌聲是阻擋不住的。黑鸝鳥在枝頭啁啾它，鴿子在榆樹間呢喃它。歌聲加入了鐵匠鋪的叮噹，混進了教堂的鐘聲。當人類聽到這首歌，私下裡都索索發抖，那歌聲聽起來，像在預言他們未來的厄運。

十月初，穀物已收割儲藏完畢，一部分還脫好了粒。一群鴿子從空中盤旋而來，激奮異常地落在動物農莊的院子裡。鴿子帶來了消息：瓊斯和他所有的夥計，還有六個來自狐狸木和平徹菲爾德的人，已經跨過了有五道門的大門，正沿著通向農莊的車轍走來。他們都帶著棍棒，瓊斯卻手持一支槍走在裡頭。顯然他們企圖來收復農莊。

這是意料之中要發生的事，動物對此早有準備。雪球研究過一本農莊裡找到的尤里烏斯·凱撒作戰的舊書，於是他就任了防衛行動總指揮。他迅速發布了命令，幾分鐘之後，每隻動物都已各就各位，嚴陣以待。

當人類一接近農莊的屋舍，雪球就發動了他的第一波攻擊。總計三十五隻鴿子，盤旋在人類頭頂，從空中朝他們大丟鳥糞，當人類手忙腳亂窮於應付時，藏在樹籬後面的鵝群衝出來，猛啄他們的小腿。然而這僅僅是一場小規模的戰鬥預演，意在製造一些混亂，而人類用他們的棍棒也很容易趕開鵝群。雪球現在發起了他的第二波攻擊。穆里爾、班傑明和所有的羊，由雪球率領著衝鋒，從四面八方朝人群連頂帶撞。

班傑明迴旋著身子，揚起小蹄子對敵踢踏。但人還是太厲害了，憑藉他們的棍棒，以及帶鐵釘的靴子，又把動物擊退了。忽然，雪球發出一聲呼嘯，那是撤退的訊號，所有動物都轉身從門道逃進了院子。

人群發出一陣得勝的狂吼。正如他們想像的，他們的對手在潰逃，於是一窩蜂地緊追不捨。這下正中雪球的圈套。就在他們全都進入了院子時，三匹馬、三頭牛和其他所有埋伏在牛棚裡的豬，突然出現在他們身後，截斷了他們的退路。雪球此刻又一聲號令。他親自向瓊斯直衝過來。瓊斯見他衝來，趕忙舉槍開火。槍彈丸在雪球後背上擦出幾道血痕，擊斃了一頭羊。雪球沒有片刻停頓，將他二百一十磅的身子猛撞到瓊斯的腿上。瓊斯栽進一堆大糞，他的槍也脫手而出。但最嚇人的場面出現在拳擊手那裡，他用後腿直立起身子，雄風撲面地揮舞著兩隻釘上鐵掌的大蹄子。他第一擊就拍中了一個狐狸木小馬夫的腦殼，打得他倒進泥巴裡，聲息全無。看到這一幕，另外幾個人驚慌失措，扔下棍棒就想逃。而緊接著，就是所有動物攆著他們在院子裡一圈圈狂跑。動物橫衝直撞、連踢帶咬，還要踏上去踩。農莊裡沒有一隻動物不拿出奇招向人類復仇。連貓都突然從屋頂上跳到一個牧牛工的肩頭，把爪子掐進他的脖子，嚇得他哇哇大叫。那些人相準某個瞬間，農莊的出口空蕩蕩開著，於是深慶僥倖地衝出院子，往大路上狂奔逃竄。就這樣，不過五分鐘，這次人類的進犯便已可恥地落敗，他們沿著來時的同一條路狼狽逃回，一路上又被嘎嘎叫的鵝群狠狠啄著小腿肚。

所有人都逃走了，除了一位。回到院子裡，拳擊手用蹄子扒拉著那個臉朝下趴在泥裡的小馬夫，想把他翻過來。那年輕人連哼都沒哼一聲。

「他死了，」拳擊手難過地說，「我沒想殺死他。我忘了我穿著鐵掌。誰會相信我不是故意的呢？」

「同志，對敵人不能憐憫同情！」雪球大叫道，他背上的傷口還在滴血，「戰爭就是戰爭。世上唯一的好人，就是死人。」

「我不願殺生，哪怕是殺人類。」拳擊手重複著，他眼裡滿噙著淚花。

「莫莉哪兒去了？」有誰驚呼道。

莫莉真的失蹤了。這立刻引起了巨大的驚恐；大家擔心是人類謀害了她，或甚至把她裹挾帶走了。好在最後，她被發現藏在她的馬廄裡，腦袋埋進了食槽裡的乾草堆。剛才槍聲一響她就逃跑了。而當大家找到她，再回到院子裡時，發現小馬夫已經不在了：原來他剛才沒死，現在從昏迷中醒來溜走了。

動物現在歡喜若狂地重聚在一起，每一隻都把嗓門提到最高，講述著自己在戰鬥中立下的功勳。一場即興慶功會，立刻在現場舉行。旗子升起，〈英格蘭的獸類〉高唱數遍，然後為那隻犧牲的綿羊舉行了一場莊嚴的葬禮，在她的墓前種上了一株山楂樹。雪球在墓旁發表了一個簡短的演講，特別強調，為了動物農莊的需要，所有動物都應該隨時準備獻出自己的生命。

動物一致同意創立一枚軍功章，「一級動物英雄」勛章當場誕生，並授予了雪球和拳擊手。那是一枚銅質勛章，他們用工具室裡找到的舊馬飾代替，用於在星期天和節日裡佩戴。還有一枚「二級動物英雄」勛章，追授予那頭犧牲的綿羊。

對於這場戰役如何命名，有許多爭論。最後，它被稱為「牛棚戰役」，因為這裡正是發動伏擊的地方。瓊斯先生的槍在泥漿裡找到了，又在農莊住屋裡找出了備用彈匣。動物決定把那支槍架在旗杆底下，像一門禮炮，每年鳴放兩次——一次在十月十二日，牛棚戰役的周年紀念日；一次在施洗約翰節，造反周年紀念日。

第五章

隨著冬天臨近，莫莉變得越來越不聽話。她藉口說睡過了頭，每個早晨上工都遲到。她又抱怨身上奇奇怪怪的疼痛，儘管她的胃口好得不得了。她找出各種各樣的理由逃避工作，溜去飲水池，傻兮兮地站在水畔顧影自憐。但還有一些嚴重得多的傳聞。一天，當莫莉優哉游哉地搖著長尾巴漫步走進院子，一邊嚼著一把乾草，苜蓿把她拉到一旁。

「莫莉，」她說，「我有些很嚴肅的話要對你說。今天早上，我看見你盯著隔開動物農莊和狐狸木之間的籬笆。皮爾金頓先生的一個夥計正站在籬笆那一邊。而且——我雖然站得很遠，但幾乎確定看清楚了——他在跟你說話，你還讓他摸了你的鼻子。那是什麼意思，莫莉？」

「他沒有！我不會讓他摸的！你胡說！」莫莉喊道，她昂起了頭，用蹄子刨著地。

「莫莉，看著我的臉。你敢以你的名譽發誓，那人沒摸你的鼻子嗎？」

「這不是真的！」莫莉重複著，但她不敢看苜蓿的臉，接著她提起腳步，急急跑進田野裡去了。

苜蓿腦海裡閃過一個念頭。她沒對其他動物說什麼，就去了莫莉的馬廄，用蹄子翻開了稻草。在草下，藏著一小堆方糖，以及幾束色彩不同的緞帶。

三天後莫莉失蹤了。接下來幾個星期她都杳無音訊，後來鴿子報告說他們在威靈頓的另一邊看見了她。她正套著一輛漆成紅黑兩色的漂亮的雙輪馬車，停在一間酒館外面。一個面孔紅紅像酒館老闆的胖子，穿著格子馬褲，打著綁腿，正在撫摸她的鼻子，餵給她糖吃。她的鬃毛新近才修剪過，一條深紅的緞帶繫在她額髮上。那些鴿子還說，她看起來自在又得意。動物誰也沒有再提起過莫莉。

一月，嚴酷的天氣來了。土地凍得像鐵塊，地裡幹不了什麼活了。大穀倉裡開了好多次大會，豬都忙著計畫下一季度的工作。大家都承認，豬顯而易見比其他動物聰明，應該主宰農莊大政方針的一切問題，雖然他們的決定還須經過多數投票批准。要不是雪球和拿破崙總是不停發生爭執，這個安排應該夠令大家滿意。只要任何問題可能意見相左，他倆一定爭吵。如果其中一個提議播種更大面積的大麥，另一個肯定要求增多播種燕麥的面積。如果其中一個說這塊地最適合種包心菜，另一個就會宣稱它除了種根莖作物就別無他用。每一位都有自己的追隨者，經常發生激烈辯論。在大會上，雪球經常以他的精彩演講贏得大多數贊同，而拿破崙更善於在演講的間隙為自己遊說拉票。他尤其在綿羊之間大獲成功。後來，綿羊不分時機場合，經常一味叫喚「四腿是好漢，兩腿是壞蛋」，連大會也被這叫聲打斷。大家發現綿羊特別喜歡在雪球演講的關鍵時刻插進「四腿是好漢，兩腿是壞蛋」。雪球曾經從農莊住屋裡找到一些過期的《農夫和牧人》雜誌，並做了仔細研究，他有一肚子創新和改進的計畫。他引經據典地大談土地排水、青貯飼料和鹼性爐渣，為所有動物制定出一套複雜的方案，可以每天從不同地點把他們的糞便灌入田地，從而節省搬運勞力。拿破崙自己不制定計畫，卻對雪球的想法冷言冷語，說這到頭來都是白費工夫。看來他在等待時機。而在他們所有的爭吵中，沒有哪次比關於風車那場更激烈凶猛的了。

離農莊建築物不遠的地方，有一片長長的牧場，裡面有一座小丘，是整個農莊的最高點。雪球勘查過環境後宣布，這裡是建造風車的最佳位置，風車可以帶動發電機，給農莊輸送電力。電可以給畜欄照明，在冬天供暖，還能推動圓鋸、切草機、甜菜碎塊機和電動擠奶器。動物以前從沒聽說過這種種名堂（這是座老式農莊，只有最原始陳舊的機器），當雪球描繪這些奇幻無比的機器——可以為他們工作，讓他們自在閒散地在田野裡吃草，或用閱讀和談話昇華思想，他們聽得目瞪口呆。

幾星期之內，雪球就為風車設計出了詳細方案。具體的細節主要來自瓊斯先生的三本書——《房屋萬事通》、《每個人都是磚瓦匠》，和《電工入門》。雪球把一間以前的孵化室作為了他的工作間，那裡有光滑的木地板，很適合用來繪圖。有段時間，他在裡面一關就是幾小時。他用石塊壓住翻開的書，蹄子的兩趾間夾著一截粉筆，來來回回快步走著，一道一道畫著線，還興奮地低聲嘟噥著。漸漸地，規畫演變成一大堆複雜的曲柄和齒輪的圖，覆蓋了大半個地板。其他動物對這些圖完全莫名其妙，但感到極為敬佩和震撼。他們每天至少要來看一次雪球的圖紙。連雞鴨也來了，並竭力不要踩到粉筆痕跡上。只有拿破崙對此保持距離。他從一開始就宣稱自己反對風車。但有一天，他出乎意料地來審視這些圖紙了。他頓著腳繞著工作間走了一圈又一圈，仔細觀察設計圖的每一個細節，還不時貼近嗅一嗅，然後側目沉思著站了一會兒；接著，突然間，他抬起腿來，在設計圖上撒了一泡尿，一言不發地走了出去。

關於風車，整個農莊分成了勢不兩立的兩大派。雪球並未否認建造風車是艱巨的事業。需要採石和築牆，還得製造風車葉片，之後還需要用到發電機和電纜（雪球沒說怎麼弄到這些東西），但他堅持說一年內就能完成這一切，建成風車。他宣稱，在那之後，將大大節省勞力，動物每週只要工作三天即可。而他的對頭拿破崙，則爭辯說當下最需要的是提高糧食產量，如果大家在風車上浪費時間，都得餓死無疑。動物在兩個口號下分為兩派，一個是「投票給雪球，三天頂一週」，另一個是「投票拿破崙，美食吃不盡」。班傑明是唯一一個哪派都不加入的中立者。他拒絕相信糧食會更富足，也不認為風車能減省工作量。他說，有沒有風車，生活照樣要繼續，一如既往——就是說，糟透了。

除了對風車的爭論，還有農莊防禦的問題。大夥兒充分認識到，雖然人類在牛棚戰役中被擊退了，他們仍會一次次頑固地嘗試，來奪回農莊，讓瓊斯先生復辟。他們太有理由這麼做了，因為他們上一次慘敗的消息已經不脛而走，傳遍了鄉間，令鄰近農莊的動物心情激盪，蠢蠢欲動。像往常一樣，雪球和拿破崙又產生了衝突。依據拿破崙的意見，動物必須做的是獲得武器，並訓練自己加以使用。而照雪球的看法，他們最該做的是派出更多鴿子，煽動鄰近農莊的動物暴亂。這方爭辯，如果他們不能自保，就一定會被征服。那廂反駁，倘若到處都在暴動，他們也就無須防衛自身了。動物先傾聽拿破崙的，又傾聽雪球的，沒辦法判斷誰說得對；他們發現，此刻誰正在說話，自己就總是站在他那一邊。

終於有一天，雪球的設計案完成了。接下來的星期天大會，將對要不要開始建造風車進行表決。當動物聚集到大穀倉裡，雪球站起來，陳述他力主建造風車的理由，雖然他的演講不時被綿羊的咩咩叫打斷。然後拿破崙起身回應。他很沉靜地說風車是胡說八道，勸告誰都不要投票給這個提案，又很快坐下了。他說了不過三十秒鐘，好像根本不在乎發言是否有用。此刻雪球一躍而起，喝止了又要咩咩叫的羊群，他投入一場激情洋溢的宣講，呼籲大家支持建造風車。在此之前，支持雪球和拿破崙的兩派動物數量不分上下，但沒過多久，雪球的滔滔雄辯就折服了他們全體。他激情迸射的語言描繪出一幅美好的未來場景——風車讓動物甩掉了背負的骯髒勞動，動物農莊更加欣欣向榮。他的想像力超越了割草機和蘿蔔切片機，他說，電力會驅動脫粒機、犁、耙、碾子、收割機以及打捆機，此外還能給每座畜欄提供照明、冷熱水和電暖設備等等。到他說完的時候，已經用不著懷疑哪方會贏得投票了。但就在這時，拿破崙站了起來，朝雪球古怪地一瞥，發出一聲刺耳的尖嘯，以前誰都沒聽他發出過這樣的叫聲。

應聲而起的，是屋外一陣恐怖的狂吠，九條戴著銅項圈的大狗狂奔著衝進穀倉。他們向雪球直竄過去，雪球將將來得及從座位上蹦起，躲開咬來的大尖牙。轉眼間，他已經跑出了門外，狗群在後面緊追不捨。所有動物連驚帶嚇，張口結舌，紛紛擠出門外觀看這場追逐。雪球飛奔著橫穿過通向大路的狹長牧場。豬能跑多快他就跑多快，但群狗已緊挨到他的腳跟。突然雪球滑倒了，似乎狗已逮住了他。但緊接著他又跳起來，跑得比之前還快。那群狗再次追上他，有一條的牙幾乎已經咬住了雪球的尾巴，雪球剛好把尾巴甩開。接著他使出吃奶的力氣一竄，剛剛好躲過追來的狗，就竄過樹籬間一個洞，消失得無影無蹤。

動物滿懷恐懼，沉默無聲地回到穀倉裡。不一會兒，狗群回來了。最初誰也想不出這些傢伙是哪兒來的，但答案很快就清楚了：他們就是那些被拿破崙從母親身邊帶走，並祕密養大的小狗崽。雖然他們還沒完全成年，但個頭已相當碩大，而且有狼一樣凶惡的長相。他們緊跟著拿破崙。大夥兒注意到，他們向拿破崙搖尾巴的樣子，正像從前其他的狗朝瓊斯先生搖尾巴的樣子。

現在，拿破崙在狗群簇擁下，登上了以前老少校對大家演講時站過的那個高檯子。他宣布從現在起，星期天早上的大會取消了。他說，這些大會沒有必要，只在浪費時間。將來所有關於農莊工作的事務，都將交由一個豬群特別委員會解決，該委員會由他自己領導。委員會將閉門召開，之後向大家傳達他們的決議。每個星期天早晨，動物仍須集會升旗，唱〈英格蘭的獸類〉，接受群豬發出的本週指令，但不得有任何異議。

驅逐雪球帶來的震驚還沒消除，這宣布令動物更加沮喪。有幾個想抗議，卻又沒找到合適的辯詞。連拳擊手也隱隱約約不安起來。他收回耳朵，連連甩動額前的鬃毛，努力要理清他的思緒；但最後還是想不出該說什麼。當然了，一些豬較有口才。站在前排的四隻年輕肉豬，發出了表示異議的尖叫聲，他們四個彈蹄踢腳，想要開口說話。然而突然間，圍坐在拿破崙身邊的大狗，發出一陣低沉而帶著威脅的咆哮，小豬立刻又不吭聲了，重新坐下。接著，綿羊爆發出一陣響亮的齊唱：「四腿是好漢，兩腿是壞蛋！」持續了差不多十五分鐘之久，這打斷了任何繼續討論的機會。

會後，嚎叫者被派往農莊各處，給動物解釋新的安排。

「各位同志，」他說，「我相信這裡每一隻動物，都會敬佩拿破崙同志為這項額外工作所做的自我犧牲。各位同志，可別想像領導工作是一種娛樂！恰恰相反，那是一種沉重的責任。拿破崙同志比我們誰都更堅信：所有動物一律平等。他會非常樂意見到你們為自己做主決定一切。但各位同志，有時你們可能判斷錯誤，那我們可怎麼辦？假設你們決定追隨雪球那風車的海市蜃樓——雪球，我們都知道吧，他比一個罪犯好不了多少吧？」

「他在牛棚戰役中戰鬥很英勇。」有個聲音說。

「光有英勇還不夠，」嚎叫者說，「忠誠和服從更重要。說到牛棚戰役，我相信總有一天，我們會發現雪球的功勞被過分誇大了。紀律，各位同志，鐵的紀律！這才是今天的箴言。走錯一步，我們的敵人就會騎到我們頭上來了。毫無疑問，各位同志，你們不願意瓊斯回來吧？」

這番論證再次無可辯駁。動物當然不願意瓊斯再回來；如果星期天早上進行的辯論可能讓他回來，那這辯論必須停下。拳擊手現在有時間想想清楚了，他說出了大家的感受：「如果拿破崙同志這麼說，就一定是正確的。」從這時開始，他就採用了這個格言：「拿破崙一貫正確。」還要加上他自己的座右銘：「我會更賣力做。」

那時天氣已經轉暖，春耕開始了。雪球用來設計風車提案的那間屋子已被關閉，大家猜想那些畫在地板上的設計圖都被擦掉了。每個星期天上午十點，動物聚集在大穀倉裡，接受本週指令。老少校的頭骨，現在被從果園裡挖了出來，上面已經沒了腐肉，擺放到旗杆腳下的一個樹樁上，挨著那支槍。升旗儀式結束後，動物必須態度虔誠地列隊從那顆頭骨前走過，再進入穀倉。如今他們不能像以前那樣隨隨便便坐在一起了。拿破崙和嚎叫者以及另一頭叫「小不點兒」的豬（他在作曲和寫詩上頗有天分）一起坐在高檯子的前排，那九條年輕力壯的大狗成一個半圓環繞著他們，其他的豬坐在後面。其餘的動物面對他們坐在穀倉地上。拿破崙以一種粗暴的軍人派頭朗讀完本週指令，然後全體動物再唱一遍〈英格蘭的獸類〉，就可以解散。

雪球被驅逐後的第三個星期天，動物頗為驚訝地聽到拿破崙宣布風車最終還是要修建的。他完全沒解釋為什麼改變了主意，只警告說這額外任務意味著接下來會有繁重的勞動，甚至有必要減少他們的口糧。然而，包括所有細節的規畫都準備好了。一個豬的特別委員會專門為此工作了三個星期。建造風車以及其他種種改進措施，預計需要費時兩年。

那天傍晚，嚎叫者私下對動物解釋說，拿破崙從來沒有真正反對過建造風車。相反，恰恰是他，從開始就主張這樣做，而雪球畫在孵化室地板上那些設計圖，其實是從拿破崙手稿中偷去的。事實上，風車是拿破崙的作品。然後有動物問，那為什麼他那麼拚命表示反對風車呢？對這一點，嚎叫者顯得十分詭祕。他說，那正是拿破崙同志老謀深算之處。他看起來像是反對建造風車，那只不過是為搞掉雪球做的戲。雪球是個危險角色，影響很壞。現在雪球已被趕跑了，風車計畫就該剔除他的干擾向前推進。嚎叫者說，這就叫策略。他重複了好幾遍：「策略，各位同志，策略！」他繞著圈蹦蹦跳跳，一邊甩著豬尾巴，一邊歡聲大笑。動物並不確定那個詞是什麼意思，但嚎叫者太能言善道了，而突然出現在他身邊的三條狗又咆哮得那麼恐怖，於是他們就閉上嘴巴，乖乖接受了他這番解釋。

第六章

那一整年裡動物像奴隸似的勞動。但他們做得心甘情願；他們不惜流汗不怕犧牲，都意識到他們在為自己和像他們一樣的後代的利益而奮鬥，而不是為了那幫遊手好閒、偷占便宜的人類。

整個春天和夏天，他們每週工作六十小時，到了八月，拿破崙宣布說星期天的下午也要工作。這工作完全是志願義務勞動，但誰要是不參加，口糧就減半。儘管如此，大家還是發現有些任務完成不了。收成略少於去年，而且由於有兩塊田地沒及時翻耕，本該夏初種下的根莖作物沒有種成。不難預料，即將到來的冬天會相當難熬。

風車工程遇上了沒有料到的困難。農莊裡有一個很好的石灰岩採石場，又在一座窩棚裡找到了充足的沙子和水泥，應該說建造風車萬事俱備了。但動物最先需要解決的難題是：怎麼把石頭弄碎成大小合適的小塊。那似乎沒別的辦法，只能交給鎬頭和撬棍。但動物誰都不會使用它們，因為誰都不能用後腿站起來。白費了好幾個星期的力氣以後，才有動物想出了好主意——利用重力。採石場裡到處是大得沒法用的巨型圓石。動物用繩子拴住石頭，然後全體出動，由牛、馬、羊，所有能抓住繩子的動物——有的關鍵時刻連豬都參與了——以慢得要命的速度，把巨石沿著斜坡拖到採石場頂上，在那兒的崖邊把石頭推下去，讓石頭在地面摔成碎塊。搬運碎掉的石頭就容易多了。馬拖著大車運，羊馱著單塊運，甚至穆里爾和班傑明都合起來拉一輛舊式的小型雙輪馬車。到了夏末，已經儲存了夠多的石頭，接著在群豬的指揮監督下，建造工程開始了。

但這是一個緩慢而費勁的過程。經常，要花一整天艱辛的努力才能把一塊大圓石拉到採石場頂上，有時石頭被推下崖邊卻摔不碎。沒有拳擊手，別想幹成任何事，他的力氣幾乎抵得上其他動物全部合在一起。當大圓石開始往下滑，動物因為發現自己快被拖下山坡而絕望地大叫時，總是拳擊手死命拉緊繩子，止住滑落的石塊。當看到他一吋一吋奮力爬坡，急促地喘著粗氣，蹄尖牢牢按住地面，偉岸的背上全是汗水時，每一隻動物都滿懷敬佩。苜蓿告誡他要小心些，有時不要太累到自己，但拳擊手從來不聽。他的兩句格言，「我會更賣力做」和「拿破崙一貫正確」，對他來說就是一切問題的答案。他讓每天早上提前半小時叫醒他的小公雞改為提前四十五分鐘。而在他所剩不多的空餘時間裡，他會獨自去採石場，搜集起大量碎石，又單槍匹馬把碎石搬運到建造風車的地點。

整個夏天裡，雖然工作非常辛苦，但動物過得還不錯。他們的食物即使不比瓊斯時代多，至少沒比那時少。只需要餵飽自己而不必供養那五個貪婪的人類，這一優點太偉大了，足以使得許多挫折被忽略不計。在許多方面，動物做事的方式效率很高，還節省勞力。比如除草這個差事，他們能做得徹底無比，人類絕不可能做到那程度。而且，由於大家都不偷不摸，也沒必要用樹籬隔開牧場和農地，也就省了許多保養樹籬和大門的工夫。然而隨著夏日流逝，一些未曾料想的匱乏也開始喚起他們的警覺。煤油、釘子、線繩、狗餅乾和馬蹄鐵都是必需品，但農莊生產不出這些東西。再往後，還有種子和人造化肥的需求，以及各種工具，最後，建造風車還要用到機械裝置。怎麼弄到這些東西？誰也想不出一點主意。

某個星期天早晨，當動物聚集在一起接受指令時，拿破崙宣布他決定的一項新政策。從現在起，動物農莊將和鄰近農莊做生意：當然，不是為任何商業目的，只為獲取急需的物資。他說，建造風車的需求必須優先於其他一切。因此，他正安排賣掉一垛乾草和當年小麥收成的一部分，以後如果需要更多的錢，就不得不靠賣雞蛋了，雞蛋在威靈頓總是有市場的。拿破崙說，母雞應該為做出這一犧牲感到榮幸，這是她們為風車建設做出的特殊貢獻。

再一次，動物心裡隱隱感到一種不安。永不跟人類打交道、永不經商、永不用錢——這些不都列在驅逐瓊斯後第一次慶功大會通過的最初決議中嗎？所有動物都記得通過那些決議時的情景，或起碼以為自己記得它。有四頭年輕肉豬怯生生地提高了嗓音，他們就是拿破崙廢止大會時提出過抗議的那些小豬，但很快，大狗的咆哮就令他們閉嘴了。然後，像往常一樣，羊群爆發出歌聲：「四腿是好漢，兩腿是壞蛋！」，這一剎那的尷尬就被輕輕抹平了。最後，拿破崙抬起前蹄示意肅靜，宣布他已經安排好了一切。不需要任何動物去和人類打交道，做那件明擺著最討厭的事，他願意自己一肩挑起整副重擔。溫普爾先生，一位住在威靈頓的律師，已經同意擔任動物農莊和外部世界之間的仲介人，他每個星期一早晨會來農莊接受他的指示。拿破崙用他例行的高呼「動物農莊萬歲！」結束了演講。動物在唱完〈英格蘭的獸類〉後解散。

後來，嚎叫者在農莊裡轉了一圈讓動物安心。他言之鑿鑿地告訴他們，不准經商和用錢的決議從未被通過，甚至壓根沒被提議過。那純粹是想像，其源頭可能會追蹤到雪球最早編造的謊言。幾隻動物仍然隱隱有所懷疑，但嚎叫者精明地問他們：「各位同志，你們確定那不是你們夢見的東西嗎？你們有那次決議的任何紀錄嗎？它被寫在哪裡了？」既然確實不存在這類書面紀錄，動物也就安於認為是自己搞錯了。

每個星期一早晨，溫普爾先生都依照安排，來訪動物農莊。他是個長相狡詐的小個子，腮邊留著鬍子；一個經辦很小業務的律師，卻足夠敏銳；他早於很多人，意識到動物農莊需要一個經紀人，那手續費頗有賺頭。動物心懷恐懼地看著他來來去去，盡可能回避和他照面。然而，他們也有點驕傲，四條腿的拿破崙竟然給兩條腿的溫普爾下命令！這某種程度上讓他們接受了新的安排。現在，他們和人類的關係已經和從前大不相同了。但人類並未因為動物農莊的繁榮興旺而減少對它的憎恨；事實上他們比以往更恨它。人人都堅信動物農莊遲早會破產，尤其那個風車計畫會失敗。他們在酒館聚會，拿出圖表互相證明風車註定會倒塌，就算它站起來了，也永遠轉動不了。不過，他們又違背意願，向動物高效的自我管理表示出一定的敬意。一個跡象就是他們開始用動物農莊的正式命名稱呼它，不再假裝它還叫梅諾農莊。他們也放棄了為瓊斯搖旗吶喊，而瓊斯也斷了奪回農莊的念頭，搬走了、住在郡裡另一個地方。除了透過溫普爾，動物農莊和外部世界還是沒有聯繫，但不斷有傳聞說，拿破崙將要和狐狸木的皮爾金頓先生，或平徹菲爾德的弗雷德里克先生簽訂一項明確的商業協議——不過傳聞也說，絕不會同時和兩家都簽。

差不多就在這個時候，群豬突然搬進了農莊住屋，住在那裡。動物似乎又記起了，早前曾通過一個反對這種做法的決議。於是嚎叫者也再次勸服他們這不是同一回事。他說，豬作為農村的首腦，絕對有必要、絕對應該獲得一處安靜的工作場所。住在房屋裡也比住在豬圈裡更體現領袖的尊嚴（稍後他說到拿破崙，就乾脆以「領袖」頭銜稱之了）。然而，當有些動物聽說群豬不僅在廚房用餐、把客廳當作娛樂室，而且還在床上睡覺時，就鼓噪起來。拳擊手用他的「拿破崙一貫正確」，對之不理不睬。但苜蓿認為她記得有一條嚴格戒律是針對床的，她走去穀倉盡頭，試圖拼讀出刻在那裡的七戒，卻發現自己只能看一個個單獨的字母，於是她把穆里爾拉過來。

「穆里爾，」她說，「幫我讀一下第四條戒律。難道它說的不是永遠不准睡在床上嗎？」

穆里爾有點吃力地把它拼了出來。

「上面說的是：『動物都不得睡在有床單的床上』。」她最終宣稱。

苜蓿非常驚奇，她不記得第四條戒律提到過床單；但既然它寫在牆上，那麼戒律肯定就是這麼制定的。而這時，嚎叫者剛好帶著兩三條大狗經過這裡，他輕而易舉地理順了整個問題。

「各位同志，那麼你們已經聽說了，」他說，「我們豬現在睡在農莊主人的床上了？為什麼不呢？難道你們真以為有過一條反對睡在床上的戒律嗎？一張床無非意味著睡覺的地方而已。仔細想想，一堆稻草放在畜欄裡就算一張床了。戒律針對的是床單，那是人類的發明。我們從農莊住屋的床上拿走了床單，我們睡在毯子裡。毯子鋪的床也很舒服呀！但對我們所需要的舒適來說還不夠，我告訴你們，各位同志，現在所有的腦力勞動都要我們來做啊。你們不會不讓我們好好休息吧？各位同志，你們會嗎？你們不會讓我們過分勞累，以致沒法恪盡我們的職守吧？你們之中肯定沒人希望看見瓊斯回來吧？」

動物立刻就此表態讓他放心，豬睡在農莊主人床上那件事，也再沒有誰提起了。而且幾天之後，又宣布說從今以後，豬可以比別的動物晚起一小時，動物也沒發出任何抱怨。

秋天到來時，動物都累壞了，但心情愉快。他們度過了艱辛的一年，在賣掉部分乾草和穀物後，儲存過冬的糧食不那麼充足了，但風車能補償一切。這項工程現在也完成一半了。秋收結束後，有長長一段晴朗乾燥的日子，動物比以前工作得更賣力，他們覺得只要能看著石牆再增高一尺，整天拖著石塊來回奔走就很值得。拳擊手甚至會加夜班，借著仲秋的月光，獨自做上一兩個小時。在他們有閒暇的時候，動物會繞著半完成的風車一圈圈地走，讚歎著堅固、筆直的牆體，並為自己竟然能把它建起來感到不可思議。唯有老班傑明沒有為風車一頭熱，他一如既往，除了「驢子能活很久」那句玄妙莫測的話，再也不多說什麼。

十一月來了，西南風呼嘯著。建築工程不得不暫停，因為天氣太溼，水泥都不能攪拌。終於有一夜，狂風大作，農莊建築物從地基開始就搖搖晃晃，好幾塊穀倉頂上的瓦也被風刮走了。母雞咯咯大叫著驚醒，她們同時都夢見了遠處傳來的一聲槍響。早上，動物從畜欄裡出來，發現旗杆被吹倒了，果園裡一棵榆樹也像蘿蔔似的被連根拔起。動物此時都發出了一聲絕望的大叫。更恐怖的景象映入了他們的眼簾。風車成了一堆廢墟。

他們不約而同奔向出事地點。很少移駕外出的拿破崙反而衝在最前面。是的，那個他們辛辛苦苦為之奮鬥的成果，倒下了，被夷為平地。他們好不容易弄碎並運來的石塊，散亂得到處都是。起初，他們說不出話來，只能站在那兒，哀傷地看著這堆倒塌的碎石。拿破崙沉默著慢慢走來走去，偶爾嗅一嗅地面。他的尾巴變得僵硬，激烈地從一邊抽動到另一邊，這表明他在緊張地思考。突然，他站住了，彷彿問題有了答案。

「各位同志，」他冷靜地說，「你們知道誰要對此負責嗎？你們知道誰是那個連夜來破壞我們風車的敵人嗎？是雪球！」他突然雷霆萬鈞般地吼叫道：「這是雪球造的孽！這個叛徒，用心何其險惡！他趁著黑夜來毀掉我們將近一年的勞動成果，妄圖阻撓我們的計畫，並為他可恥地被趕走加以報復。各位同志，此時此地我宣布，判處雪球死刑！誰能將之繩之以法，將被授予『二級動物英雄』稱號，並獎勵半蒲式耳蘋果。誰能活捉他，就獎勵一蒲式耳蘋果！」

動物對雪球竟然做出這樣罪大惡極的事感到無比震驚。他們發出一聲義憤填膺的怒吼。大家都在想雪球萬一回來，怎麼抓住他法辦。幾乎就在這時候，小丘附近的草叢裡發現有豬的腳印。只能追蹤出幾碼遠，但應當是通向樹籬上的一個窟窿。拿破崙仔細聞了聞，然後宣稱那腳印是雪球的。他認為，雪球有可能從狐狸木農莊的方向來。

「事不宜遲，各位同志！」拿破崙檢查過腳印之後大聲說，「立即採取行動。我們就從今天早上開始重建風車，無論風雨晴天，這工程整個冬天都要繼續。我們要給那可惡的叛徒一點教訓，讓他知道沒那麼容易破壞我們的事業。記住，各位同志，我們的計畫絕不更改：計畫要嚴格執行下去。各位同志，前進吧！風車萬歲！動物農莊萬歲！」

第七章

這個冬天氣候嚴酷。暴風雨之後連著凍雨和大雪，接下來夜夜嚴霜，直到二月從未間斷。動物竭盡所能地進行重建風車的工作，他們非常清楚外部世界在注視著他們，如果風車不能如期完成，滿懷妒意的人類會幸災樂禍、歡欣雀躍。

出於嫉妒，人類假裝不相信是雪球破壞了風車：他們說風車倒塌是因為牆基太薄了。動物知道根本不是那回事。不過，這回大家決定牆要築成三十六吋厚，而不是原先的十八吋，這意味著要採集多得多的石料。很長時間裡，採石場都埋在雪堆下，什麼也做不了。隨之而來的乾冷日子裡雖然能做些事，但那些工作太辛苦了，動物無法像以前那樣充滿希望。他們總是受凍又挨餓。只有拳擊手和苜蓿從沒失去信心。嚎叫者來做了一些精妙的演說，描繪勞動自有樂趣，而工作帶來尊嚴，但真正鼓舞別的動物的，還是拳擊手那使不完的力量，和他掛在嘴邊的格言：「我會更賣力做！」

一月裡食物開始短缺了。穀物配額大幅減少，於是宣布將配給額外的馬鈴薯來加以補償。隨後又發現由於遮蓋得不夠厚實，很大一部分堆放儲存的馬鈴薯被凍壞了。馬鈴薯蔫蔫軟軟地變了顏色，只剩少數還能吃。有些時日，動物只能吃到一些穀糠和甜菜頭。饑荒似乎直逼面前。

對外掩藏這個事實至關重要。人類受到風車倒塌的激勵，開始對動物農莊製造新的謠言。他們又說所有動物因為飢餓和疾病半死不活，並且還在繼續內訌，同類相食，還宰殺幼獸。拿破崙清楚地意識到洩露糧食危機可能帶來的嚴重後果，他決定利用溫普爾先生傳播些相反的印象。迄今為止，溫普爾每週來訪時很少和動物接觸，但這次，幾隻被挑出來的動物，主要是綿羊，被安排在他能聽見的地方，談論著增加食物的話題。另外，拿破崙又下令把儲藏室裡那些空箱子裝上沙子，再在頂上薄薄覆蓋一層僅存的穀物吃食。然後，找個合適的藉口，溫普爾被領進儲藏室，讓他瞥到一眼滿滿的箱子。他被蒙了過去，然後繼續向外部世界報告說動物農莊沒有糧食危機。

但是，臨近一月底，顯然有必要從什麼地方弄來更多糧食。這些日子裡，拿破崙很少公開露面，所有時間都待在農莊住屋裡，那些相貌凶惡的大狗把守著住屋的每一扇門。每當他出現，總會大擺其譜，六條大狗緊緊圍繞護衛著他，誰若稍微靠近便咆哮不已。常常，連星期天早上也見不到他，但其他豬會傳達他的指令，這任務經常派給嚎叫者。

某個星期天早上，嚎叫者宣布說，所有進來下蛋的母雞都必須上繳她們的雞蛋。透過溫普爾，拿破崙已經接受了一項協議，每週提供四百個雞蛋。賣掉這些雞蛋可以換回足夠的穀物和其他吃食，維持農莊的運轉，直到夏天來到，情況好轉。

母雞聽到之後爆發了強烈抗議。她們曾被告知可能有必要做出這樣的犧牲，但沒想到會真有其事。她們剛剛準備好一窩用於春天孵小雞的蛋，她們抗議說現在拿走這些蛋無異於謀殺。自從瓊斯被趕走以來，首次發生了類似這樣造反的事件。由三隻年輕的米諾卡種黑母雞率領，母雞為阻撓拿破崙的意願決死抗爭。她們的辦法是飛上椽子，在那裡下蛋，雞蛋都掉到地上，摔得稀爛。拿破崙迅速而無情地反擊。他命令停止供給母雞口糧，並宣稱誰膽敢給母雞吃的，哪怕一粒穀子，都會被處死。群狗來執行上述命令。母雞堅持了五天，之後終於屈服，回到了自己的窩裡。這期間九隻母雞死去。她們的屍體被埋在果園裡，對外則說她們都死於球蟲病。溫普爾對此事一無所知，雞蛋都按時交付了，一輛小運貨車每週一次來農莊運走那些雞蛋。

這整個期間，再沒見過雪球的蹤影。有傳聞說他藏身於鄰近某座農莊裡，要麼是狐狸木，要麼是平徹菲爾德。這段時間裡，拿破崙和其他農莊主人的關係比以前有所改善。碰巧，在農莊院子裡，有一堆十年前清理山毛櫸林後留在那裡的木料。溫普爾很有道理地建議拿破崙把這批木料賣掉，皮爾金頓先生和弗雷德里克先生都很想買下。拿破崙在這兩個買家之間猶豫不決，拿不准賣給誰好。大家發現，每當他差不多要和弗雷德里克先生達成協議時，就有謠傳說雪球藏在狐狸木農莊；而當他轉而傾向皮爾金頓時，謠傳又說雪球藏在平徹菲爾德。

早春季節，突然之間，一個令人警醒的消息傳開了。雪球經常趁夜色祕密光顧農莊！動物都被這消息攪擾得寢食難安。據傳聞說，每天夜裡，雪球都會在黑暗掩護下爬到農莊裡，作惡多端。他偷糧食，掀翻牛奶桶，打碎雞蛋，踐踏苗床，啃咬果樹皮。不管什麼時候發生任何壞事，都歸因於雪球所為。如果一扇窗戶被打破了、一條排水溝堵塞了，一定會說是雪球夜裡來幹的。儲藏室的鑰匙不見了，整個農莊就會確信是雪球把它扔進了井裡。夠奇怪的是，如果後來在一個粗粉袋下找到了這枚放錯地方的鑰匙，大家還相信是雪球藏的。乳牛眾口一詞地說雪球潛入畜欄，趁她們熟睡時擠了她們的奶。那個冬天老鼠成災，也被說成是與雪球結盟的。

拿破崙下令，必須徹查雪球的行為。他在大狗簇擁護衛下出動，仔細巡查一番農莊建築物，其他動物尾隨其後，懷著敬意小心保持著距離。每走幾步，拿破崙就要停下嗅著地面，尋找雪球的足跡，他說，他能從氣味檢測出來。他嗅聞了每個角落，在穀倉、在牛棚、在雞舍、在菜園，幾乎在每一處都發現了雪球的蹤跡。他把長鼻子觸到地面，深深吸上幾口，然後用可怕的嗓音大叫：「雪球！他來過這裡！我分明聞到他了！」而每當聽到「雪球」一詞，所有大狗就發出一陣令大家毛骨悚然的咆哮，還齜出他們森森的尖牙。

動物徹底嚇壞了。對他們來說，雪球似乎已是一種看不見的幻影，彌漫在他們周圍的空氣裡，威脅要帶給他們各種危險。傍晚時分，嚎叫者把他們召集起來，臉上表情驚恐，告訴他們他要宣布一些嚴重的消息。

「各位同志，」嚎叫者大叫道，有點神經質地跳了跳，「發現了最可怕的事。雪球把他自己出賣給了平徹菲爾德農莊的弗雷德里克，他現在正圖謀進攻我們，從我們手裡奪走農莊！當攻擊開始，雪球會給他做嚮導。但還有更糟的事。我們曾以為雪球的叛變只是源於他的虛榮和狂妄自大。但我們錯了，各位同志，你們知道真正的原因是什麼嗎？雪球從開始就是和瓊斯一夥的！他自始至終都是瓊斯的密探。他留下的文件證實了這一切，我們剛剛找到了這些文件。各位同志，對我來說，這說明了很多問題。難道我們看不見在牛棚戰役中，他曾怎樣想讓我們被打敗、被摧毀？幸虧他沒有得逞。」

動物都驚呆了。這真是罪大惡極，雪球破壞風車之舉和此事相比簡直是小巫見大巫。但他們還得花好幾分鐘才能接受這件事。他們都記得，或者說以為記得，看到雪球在牛棚戰役中是如何指揮他們的；在每個緊要關頭，如何團結和激勵他們；哪怕瓊斯的槍彈打傷了他的背，他也分秒沒有停頓和退縮。一開始，把他的作為和他跟瓊斯是一夥的拉在一起有點困難。甚至很少提問的拳擊手也想不通。他臥下，舔著身下的前蹄，閉上眼睛，竭盡全力要理清自己的思緒。

「我不信，」他說，「雪球在牛棚戰役裡英勇戰鬥。我親眼看見的。我們不是還發給他『一級動物英雄』勳章了嗎？」

「那是我們的錯誤，同志。我們現在知道——這都寫在我們剛找到的祕密文件裡——其實他是試圖把我們引入毀滅。」

「但他受傷了呀，」拳擊手說，「我們都看見他流著血在衝鋒。」

「那是他陰謀的一部分！」嚎叫者叫道，「瓊斯那一槍不過擦傷了他而已。假如你們識字的話，我可以給你們看他的親筆紀錄。他們密謀的是，在關鍵時刻，給雪球發出撤退信號，把戰場留給敵人。他差點就得逞了——我甚至要說，各位同志，如果沒有我們英勇的領袖拿破崙同志，雪球就如願以償了。你們不記得嗎，瓊斯和他的夥計衝進院子那一刻，雪球突然轉身就逃，很多動物還跟在他身後？你們難道也不記得，就在那一刻，當恐慌傳開來，我們大家都覺得要完蛋了，是拿破崙同志高呼著『消滅人類！』衝上前去，一口咬住了瓊斯的腿？你們肯定記得這些吧，各位同志？」嚎叫者一邊叫嚷著，一邊跳來蹦去。

現在，當嚎叫者繪聲繪影地描述那畫面時，動物似乎記起了當時的場景。不管怎樣，他們記得在戰役的關鍵時刻，雪球確實曾轉身逃跑。但拳擊手還是有一點不安。

「我不信雪球從一開始就是叛徒，」他終於說，「他後來做的另當別論。但我相信牛棚戰役時，他是一位好同志。」

「我們的領袖拿破崙同志，」嚎叫者宣布說，話音很慢很堅定，「已經明確宣布——明確了啊，同志——雪球從一開始就是瓊斯的奸細——是的，在造反的念頭出現很久以前就是了。」

「哦，那就是另一回事了！」拳擊手說，「如果拿破崙同志說了這話，那絕對是對的。」

「這才是正確的態度，各位同志！」嚎叫者高喊道，但大家注意到他用他那雙亮晶晶的小眼睛很不高興地盯了拳擊手一眼。他轉身要走，卻又停下來，再次強調道，「我警告這農莊裡每一隻動物，睜大你的眼睛。我們有理由認為，雪球的密探此時正潛伏在我們之中！」

四天之後，在下午的晚些時候，拿破崙命令所有動物在院子裡集合。動物都到齊後，拿破崙從農莊住屋裡現身，戴著兩塊勛章（他最近頒發給他自己「一級動物英雄」和「二級動物英雄」勛章），九條大狗圍著他躥來跳去，狂叫聲令所有動物不寒而慄。大家蜷縮在自己位置上默不作聲，似乎都預知某些可怕的事要發生了。

拿破崙嚴厲地站著掃視了下面的聽眾；接著他發出一聲尖厲的嘶叫。群狗應聲向前竄出，攫住那四頭小肉豬的耳朵，連拖帶拽，撕扯得耳朵鮮血淋漓。小豬又疼又怕，嗷嗷慘叫著，被帶到拿破崙腳下。群狗嘗到了血腥味，愈發顯露出獸性的瘋狂。令大家驚愕萬分的是，群狗中的三條竟然撲向了拳擊手。拳擊手見他們過來，掄起他粗壯的蹄子，在半空中就擊中了一條狗，把他狠狠釘在了地上。那狗尖叫著求饒，而其他兩條趕忙夾起尾巴逃跑。拳擊手看著拿破崙，想知道該碾死那條狗還是放了他。拿破崙看起來神色大變，急忙嚴令拳擊手放了狗，拳擊手抬起蹄子，那條狗帶著傷，哀號著溜走了。

這時騷亂安靜下來。四隻小豬索索發抖地等待著，臉上每一道皺褶都像寫著他們的罪孽。拿破崙現在要他們承認罪行。他們就是那四頭抗議拿破崙廢止星期天大會的豬。沒費更多力氣，他們就承認了自從雪球被趕走後，他們一直暗中和他保持聯繫。他們串通他一起破壞風車，又和他達成協議，要把動物農莊交給弗雷德里克先生。他們補充說，雪球私下對他們承認過，過去那些年裡他一直是瓊斯的密探。他們剛剛交代完畢，那幾隻大狗就迅即撕裂了他們的喉嚨。拿破崙用一種令大家毛骨悚然的聲音質問，誰還有什麼罪行要坦白。

曾在雞蛋動亂中帶頭鬧事的那三隻母雞走上前來，交代說雪球曾出現在她們的夢裡，挑唆她們不服從拿破崙的命令。她們也被殺掉了。然後一隻鵝前來坦白去年秋收時偷藏了六穗穀子，並在夜裡吃掉了。隨後一頭羊承認曾在飲水池裡撒尿，她說那是雪球鼓動的。還有另外兩頭羊坦白曾謀殺一頭老公羊，他是拿破崙的一位忠實追隨者，他那時正深受咳嗽折磨，而他們卻在篝火旁追得他團團轉。他們都被就地正法了。就這樣，坦白罪行和就地處決繼續進行，直到動物的屍體在拿破崙腳下堆成了一堆，空氣中彌漫著濃重的血腥味。這種情形自瓊斯被驅逐後，還是首次出現。

當一切結束後，除了豬和狗以外，剩下的動物都縮成一團悄悄地離去了。他們心頭百感交集、痛苦萬分。他們不知更令自己震驚的是什麼——是那些動物勾結雪球的背信棄義呢，還是剛剛目擊的那些血淋淋的殘忍懲罰？在過去，也經常有這樣血腥恐怖的場面，但對他們全體來說，現在這一次尤其可怕，因為就發生在自己同類之間。自從瓊斯離開農莊，直到今天，沒有動物殺害別的動物，甚至沒有加害過一隻老鼠。動物走上小丘，建成一半的風車就佇立在那裡，他們不約而同地臥下了，好像要擠在一起取暖——苜蓿、穆里爾、班傑明、乳牛、綿羊，和一大群鵝與雞——事實上，是所有動物，除了那隻貓。貓在拿破崙命令動物集合前就沒影了。有一陣大家都沒說話。只有拳擊手還站著。他焦躁地踱來踱去，不斷用他又黑又長的尾巴抽打自己身體的兩側，時而低低地發出驚異的嘶叫。終於，他說：

「我弄不懂。我不相信這種事會發生在我們農莊裡。這一定是我們自己出了什麼錯。我覺得，解決的辦法就是更賣力做。從此以後，我每天早上要早起整整一個小時。」

他邁著笨重的步子小跑向採石場。到了那裡後，一口氣裝了滿滿兩車石頭，又把石頭拖到風車那裡，然後才去睡覺。

動物擠在苜蓿身邊不說話。他們所在的小丘給了他們一個開闊的視野，可以一覽鄉間景色。動物農莊的絕大部分都呈現在他們眼底——延伸到主路的狹長牧場，乾草地，灌木林，飲水池，翻耕後的田野，地裡麥苗翠綠茂密，農莊建築物的紅色屋頂上，煙囪冒出嫋嫋輕煙。這是一個晴朗的春日傍晚。落日的餘暉給草地和鬱鬱蔥蔥的樹籬鑲上一道金邊。動物從未覺得這農莊如此令其心嚮往之。而忽然，帶著些許訝異，他們記起了這是他們自己的農莊，這每一吋土地都是他們自己的財產。苜蓿從山坡望下去，眼裡滿噙著淚水。如果她能表達出自己的想法，應該說，這與他們多年前為推翻人類而奮鬥所設想的目標大相徑庭。這些恐怖和屠殺的情景，也絕不是老少校最初鼓動他們起來造反的那個晚上所憧憬的。如果說她自己有什麼關於未來的藍圖，那一定是一個沒有飢餓和皮鞭的動物社會，所有動物一律平等，每隻動物各盡所能地工作，強者保護弱者，就像老少校演講那晚，她用前腿護著那些失去媽媽的小鴨子一般。但她怎麼也想不明白，是什麼逆轉他們，落到了這個誰也不敢表達自己真實想法的境地，凶殘的惡狗到處轉來轉去朝大家咆哮。你不得不眼見你的同志交代聳人聽聞的罪行，然後被撕得粉碎。她頭腦裡沒有反抗或叛逆的念頭。她知道，儘管情況如此，他們的日子還是比在瓊斯時代好多了。而先於其他一切的，還是要防範人類捲土重來。不管發生什麼，她仍會保持忠誠，努力工作，執行下達給她的命令，接受拿破崙的領導。但話說回來，現在這情形，不是她和所有動物期盼並為之辛勞的；也不是建造風車和面對瓊斯的槍彈時希望得到的。這些是她的想法，雖然她找不到合適的詞語來表達。

最後，她唱起了〈英格蘭的獸類〉，從某種程度上替代了那些找不到的詞。其他動物圍著她也合唱了起來，他們唱了三遍——非常和諧悅耳，卻又緩慢而憂傷，他們從未這樣唱過這首歌。

第三遍歌聲剛落，嚎叫者就帶著兩條大狗來了，一副要說什麼重要事情的架勢。他帶來了拿破崙同志的特別旨意，對大家宣布：〈英格蘭的獸類〉已經被廢止了，從今以後禁止演唱。

動物都大吃一驚。

「為什麼？」穆里爾叫道。

「因為已經不需要它了，同志，」嚎叫者冷冰冰地說，「〈英格蘭的獸類〉是造反歌。但現在造反已經成功了。今天下午處決叛徒是最後的行動。外部和內部的敵人都被打敗了。在〈英格蘭的獸類〉裡，我們表達了對未來美好社會的憧憬，現在那個社會已經建成了。顯然這首歌已沒有了任何意義。」

儘管他們被嚇住了，但有些動物可能還會抗議，然而這時綿羊群又像往常一樣咩咩起：「四腿是好漢，兩腿是壞蛋」，一連叫喚了好幾分鐘，就這麼結束了這場討論。

於是，〈英格蘭的獸類〉再也聽不到了。取而代之的，是詩人小不點創作的另一支歌，它的開頭是：

動物農莊、動物農莊，
我永不會讓你受傷。

每個星期天早上，升旗儀式後都唱這首歌。但對動物來說，無論歌詞或曲調，這首歌都遠遠比不上〈英格蘭的獸類〉。

第八章

又過了幾天，那場處決帶來的恐怖平息後，一些動物記起了——或以為他們記起了——第六條戒律曾規定：「動物都不得殺害其他動物。」雖然大家都避免提起它時讓豬或狗聽到，但也能感到，剛發生的屠殺與之相抵觸。苜蓿請求班傑明為她讀出第六條戒律，當班傑明一如既往地拒絕了招惹這類麻煩後，她抓來了穆里爾。穆里爾給她讀了戒律，戒律說：「動物都不得無緣無故殺害其他動物。」不知為什麼，動物都沒記住「無緣無故」幾個字。但他們看到戒律沒有被違犯；因為很清楚，那場殺戮有個很好的理由，就是處決投靠雪球的叛徒。

這一年，動物做得比上一年更辛苦。重建風車，把它的牆基建得雙倍厚實，還要按預計日期完工，加上農莊其他常規工作，使勞動變得艱巨而繁重。有時候，動物覺得自己比瓊斯時代勞動的時間更長，吃的卻沒有更好。每個星期天早上，嚎叫者都會用蹄子夾著一張長長的紙條，給他們朗讀那上面的資料，證明各類食品產量增長了兩倍、三倍，甚至五倍，不同案例增長情況也不一樣。動物覺得沒理由不信他，尤其是他們也記不清楚造反前是什麼情形。不過，總有些日子，他們寧可少來點數據，多得些吃的。

所有命令現在都由嚎叫者或別的豬來發布。拿破崙自己很少公開露面，幾乎兩星期才能見他一次。他出現的時候，不僅有狗保鏢跟隨，而且有一隻黑色的公雞，作為號手，在他前面開道，拿破崙開口講話之前，都要「喔喔喔」叫上一陣。據說，甚至在農莊住屋裡，拿破崙也和其他豬分開，住在一套單獨的套房裡。他單獨用餐，由兩條狗伺候著，而且總是使用刻有英國皇冠的德比餐具，它們曾經陳列在客廳的玻璃櫥櫃裡。還宣布了一項新規定，那支槍除了每年的兩個周年紀念日外，在拿破崙生日那天也要鳴響。

現在，拿破崙再也不能被簡單地叫作「拿破崙」了。他總是被冠以正式稱呼「我們的領袖拿破崙同志」，那些豬還為他發明了諸多頭銜，如「動物之父」、「人類災星」、「羊圈保護者」、「小鴨子之友」，等等等等。嚎叫者每次講話時，都會涕淚交加地說到拿破崙的英明和善良，以及對普天下所有動物深深的慈愛，尤其對其他農莊裡那些仍活在無知和奴役中的悲慘動物。現已形成慣例，每取得一項成就、每遇到一種幸運，都要歸功於拿破崙。你常常會聽到一隻母雞對另一隻母雞說：「在我們的領袖拿破崙同志指引下，我六天裡下了五個蛋。」或兩頭牛，在水池邊暢飲時，會大聲感歎：「多虧了拿破崙同志的領導，這水多甘甜啊！」有一首小不點寫的詩，標題就是〈拿破崙同志〉，可以表達農莊裡的普遍心聲，內容如下：

您是孤兒之友！
您是幸福之源！
豬食桶的主宰啊，我的靈魂
如焚，當我仰望您
堅定沉著的眼睛，
像太陽升上天空，
啊偉大的同志拿破崙！

您把一片深情
賜予萬物生靈，

每天兩頓飽飯，潔淨的乾草能打滾；
所有獸類，大小不論，
在居所中安臥美夢，
您俯瞰守護著我們，
啊光榮的同志拿破崙！

如果我有一頭豬娃，
幼小稚嫩，還沒長大，
像個一品脫酒瓶，或一根擀麵棍，
他也該學會忠誠
不二，完全獻給您，
沒錯，他的牙牙學語必是這聲：
「啊敬愛的同志拿破崙！」

拿破崙很滿意這首詩，下令將其鐫刻在大穀倉的牆上，與七戒遙遙相對。詩的上方是一幅拿破崙的側身像，由嚎叫者執筆用白漆畫成。

同時，由溫普爾做仲介，拿破崙和弗雷德里克與皮爾金頓進行複雜的談判。那堆木料還沒售出。這兩個人中，弗雷德里克更急於獲得那東西，但他出的價錢不夠好。此時又有新傳聞，說弗雷德里克和他的手下正籌畫要襲擊動物農莊，毀掉風車，因為建造風車激起了他強烈的嫉妒心。據說雪球還藏身在平徹菲爾德農莊裡。在仲夏時節，動物非常震驚地得知，三隻母雞已經站出來坦白交代了，她們曾被雪球唆使，加入過一個謀害拿破崙的陰謀。她們立刻被處決了，而保衛拿破崙安全的新的防禦措施開始實行。夜晚，四條大狗守衛在他每個床角，而一隻名叫「粉眼睛」的小豬被派給一項任務：在拿破崙用餐前品嘗端給他的每一道菜，免得他中毒。

大概同一時間，有消息說拿破崙已經準備把那木料賣給皮爾金頓先生了；他還計畫在動物農莊和狐狸木農莊之間簽訂一個長期貿易協定。拿破崙和皮爾金頓之間的關係，現在幾乎可稱為友好了，雖然還要透過溫普爾經手。動物不信任皮爾金頓，因為他是人類，但覺得他比弗雷德里克好很多。他們對弗雷德里克又怕又恨。隨著夏日漸漸消逝，風車接近完工，一個傳聞甚囂塵上，說一場卑劣的襲擊就要發生。據說，弗雷德里克準備率領二十個人來進攻，個個都帶著武器。他已經買通了地方官和警察，因此一旦他把動物農莊的地契攥到手裡，他們就不再追問任何問題。此外，平徹菲爾德又傳出更多恐怖的故事，說弗雷德里克如何殘酷虐待自己農莊裡的動物。他曾把一匹老馬用鞭子抽死，他讓牛隻挨餓，他把一條狗扔進壁爐活活燒死。每天晚上，他把刮鬍刀片綁在公雞爪子上，讓他們鬥架，供自己取樂。動物聽到這些迫害他們同志的暴行後熱血沸騰，有時他們叫喊著要全體出動，去攻打平徹菲爾德農莊，趕走人類，還給動物自由。但嚎叫者勸告他們不要輕舉妄動，要相信拿破崙同志的謀略。

可是，與弗雷德里克對抗的情緒仍在一天天高漲。一個星期天早晨，拿破崙出現在穀倉裡，對大家解釋說他壓根沒想過要把木料賣給弗雷德里克；他說，和那樣的惡棍交易有損他的尊嚴。仍然被派往各處煽動造反的鴿群，被禁止在狐狸木的任何地方駐足，還受命把他們投擲的標語口號「消滅人類」改為「幹掉弗雷德里克」。到了夏末，又一條雪球的陰謀詭計被戳穿了。收穫的小麥中滿是雜草，大家發現是雪球在某個夜晚把草籽混入了糧種。一隻捲入這陰謀的公鵝向嚎叫者供認了他的罪行，他立刻被命令吞下劇毒顛茄漿果自殺。動物現在也知道了，雪球從來就沒有像很多動物至今相信的那樣，被授予過「一級動物英雄」勳章。這無非是牛棚戰役後不久，雪球自己散布的謠言。到現在為止，這謠言一直裝扮著他，而實際上，雪球曾因在戰役中表現怯懦而遭到了指責。再一次，這說法讓有些動物感到困惑，但嚎叫者很快說服了他們，是他們自己的記憶有誤。

到秋天，經過極度艱難、繁重的努力——因為也幾乎在同步進行秋收——風車終於造好了。溫普爾正和人談判，採購下一步要安裝的機械設備，但風車主體結構已經完工。不管經歷了多少困難，無論他們經驗多麼匱乏、工具多麼原始、運氣多麼糟糕、雪球的陰謀詭計多麼險惡，工程仍一天不差地準時完成了！動物疲憊不堪，卻又心懷自豪，他們繞著自己的傑作轉了一圈又一圈，風車在他們眼中比第一次建造時更壯麗了。而且牆體比以前加厚了一倍。這次如果沒有炸藥，休想把它放倒！當他們想到曾付出了怎樣的辛勞、戰勝過多少挫折，而一旦風車槳葉旋轉起來，帶動發電機飛轉，他們的生活將發生多麼巨大的改變——想到這些，他們的勞累感頓時無影無蹤了。他們圍繞風車歡跳著轉了一圈又一圈，連連發出勝利的歡叫。拿破崙由他的大狗和公雞簇擁著親臨現場，來視察這項大功告成的工程。他以個人名義祝賀動物取得的成就，並宣布這座風車將被命名為拿破崙風車。

兩天以後，動物被召集到穀倉裡舉行一次特別會議。當拿破崙宣布他將把木料賣給弗雷德里克時，大家都驚得目瞪口呆。次日弗雷德里克的貨運馬車就要來這裡把木料運走。雖然拿破崙一直以來貌似和皮爾金頓走得很近，但他實際上悄悄與弗雷德里克達成了祕密協定。

動物農莊和狐狸木斷絕了一切關係；侮辱的訊息被發送給了皮爾金頓。鴿子被告知不准去平徹菲爾德農莊，並把他們的標語口號從「幹掉弗雷德里克」改成「幹掉皮爾金頓」。同時，拿破崙向動物保證說，即將突襲動物農莊的傳言全然不實，而關於弗雷德里克殘酷虐待他的動物的說法更是極大的誇張。所有這些謠言都可能是從雪球和他的奸細那裡傳出來的。現在終於發現，雪球並非藏在平徹菲爾德農莊，事實上他一輩子都沒去過那裡：他住在狐狸木農莊，據說過著驕奢淫逸的日子，過去幾年裡一直是皮爾金頓的隨從。

群豬都為拿破崙的睿智狂喜不已。他表面上和皮爾金頓拉關係，藉此逼迫弗雷德里克把出價抬高了十二鎊。然而嚎叫者說，這裡拿破崙思想的超群卓越展示在：他誰也不信，連弗雷德里克也不信。弗雷德里克曾想用一種叫作支票的玩意付木料錢，那東西看起來就是一張破紙，只是上面寫著付款的承諾而已。但以拿破崙之聰明，哪能上他的當。他要求弗雷德里克全用面值五英鎊的真格鈔票付款，而且必須先交錢再拿貨。弗雷德里克已經付清了款子，這筆錢剛好夠用來採買風車需要的機械設備。

與此同時，木料很快被拉走了。它被運走後，穀倉裡召開了又一次特別會議，讓動物查看弗雷德里克的鈔票。拿破崙戴著他的兩枚勳章，笑容滿面，坐在高檯子上的稻草床上，那些錢就在他身邊，整齊地疊在從農莊廚房裡拿出的一隻瓷盤上。動物排著隊慢慢走過，都盯著那東西看。拳擊手伸出鼻子聞了聞鈔票，他的呼吸攪得那些薄薄的白紙片沙沙作響。

三天後發生了一場嚇人的喧囂。溫普爾面色死灰，蹬著他的自行車匆忙趕來，進了院子扔下車，直衝進農莊住屋。緊接著，從拿破崙房中爆發出一陣狂怒的吼叫聲。出事的訊息像野火似的傳遍了農莊。那些錢都是假鈔！弗雷德里克白得了那些木料，沒花費一分錢！

拿破崙立刻要動物緊急集合，以可怕的聲音宣判了弗雷德里克的死刑。他說，一旦抓獲弗雷德里克，非要活活把他煮死。同時，他警告動物說這次受騙事件後，要準備好應付最糟糕的情況。弗雷德里克和他的手下隨時都可能發動蓄謀已久的攻擊。所有通向農莊的路口都要布下崗哨。除此之外，四隻鴿子還被派往狐狸木，送去求和信，希望與皮爾金頓修復友好關係。

就在第二天早上，攻擊真的來了。動物正在吃早飯，哨兵帶著消息飛奔而來，報告說弗雷德里克和他的嘍囉正在打來，已經越過了有五道門的大門。動物英勇奮起，去迎擊他們。但這一次，他們沒有像牛棚戰役時那樣輕易取勝。對手有十五個人，帶著六支槍，他們一接近到五十碼就開火。動物無力面對可怕的爆炸聲和帶來刺痛的子彈，儘管拿破崙和拳擊手費盡力氣集合起他們，但他們還是很快就被擊退了。幾隻動物已經受了傷。他們躲進農莊建築物，從牆縫和木節疤的洞裡小心翼翼地向外窺望。整個大牧場包括風車在內，都落入敵人手中了。這時連拿破崙看起來也很沮喪。他一言不發地來回踱步，尾巴僵硬地不停擺動著。期待的目光眼巴巴地投向狐狸木方向。如果皮爾金頓和他的人能施以援手，或許還能贏回這一天。但就在這時，前一天派出去的四隻鴿子回來了，其中之一帶著一張皮爾金頓的紙條，上面用鉛筆寫著：「你們活該。」

這個當口，弗雷德里克和他的手下停在風車旁邊。動物看著他們，紛紛難過地嘟囔著。那邊兩個人準備好了一根鋼釺和一把大鐵鎚。他們要砸毀風車。

「他們休想！」拿破崙大吼道，「我們把牆築得超厚，就是防備這一手。他們一星期也別想拆掉它。拿出勇氣來，各位同志！」

但班傑明一直在凝神注視著那夥人的行動。那兩個拿大鐵鎚和鋼釺的人，正在風車基座上打孔。班傑明慢吞吞地，帶著近乎戲弄的神情，點了點他的長嘴巴。

「我料到了，」他說，「你們沒看見他們在做什麼嗎？他們過一會兒就會把炸藥塞進那個孔裡去。」

動物驚恐地等著。現在已不可能冒險離開避難的房子。幾分鐘之後，那幾個人四散跑開，接著響起一陣震耳欲聾的爆炸聲。鴿子驚飛到空中打著旋，所有動物，除了拿破崙以外，都猛地肚皮貼地趴倒在地上，把臉藏起來。當他們再站起來，只見一團巨大的黑煙掛在風車曾經佇立的地方。風兒吹散黑煙之後，風車已不復存在了！

動物見此情形，再次鼓起了勇氣。對人類卑劣行徑的狂怒，吞沒了一剎那前還感到的恐懼和絕望。一聲復仇的呼號驟然響起，他們不等進一步的命令，就全體蜂擁而出，直撲敵人。這次他們毫不理睬頭上冰雹一樣呼嘯而過的無情子彈。這場戰鬥殘酷而慘烈。那夥人一次又一次射擊，當動物迫近時，他們就掄起棍棒亂打，抬起沉重的靴子猛踢。一頭牛、三頭羊和兩隻鵝被殺害了，幾乎所有動物都受了傷。甚至在後面指揮戰鬥的拿破崙，尾巴尖也被子彈削掉了一小塊。然而人類也不是毫髮無損。他們中的三個被拳擊手的蹄子踢破了腦袋，還有一個被牛角挑破了肚皮，另外一人的褲子差不多被傑西和藍鈴撕爛了。當拿破崙那九條貼身保鏢的大狗，在他指揮下藉著樹籬掩護包抄過去，突然出現在敵人側翼，凶猛地狂叫著，嚇得敵人魂飛魄散。人類看見自己有被包圍的危險。弗雷德里克趁攻勢正猛時對手下大呼撤退，接著那些膽小鬼對手就奪命奔逃起來。動物把他們一直攆到田地盡頭，還在他們使勁鑽過荊棘樹籬時從後面狠踢了他們幾腳。

動物勝利了，卻筋疲力竭，還淌著血。他們一瘸一拐地慢慢向農莊走回去。看到犧牲了的同志橫倒在草叢裡，一些動物不由得傷心落淚了。他們在風車遺址處停留了一會兒，沉浸在憂傷的靜默裡。是的，它消失了，他們勞動成果的最後一絲痕跡也不見了！連地基的一部分都被毀了。這一次，如果他們要重建風車，都不能像上次那樣利用散落的石頭。這回連石頭也不見了。爆炸的強力把石頭拋到了幾百碼開外。如今這景象，就像風車從來沒有存在過。

在他們快要接近農莊的時候，戰鬥中莫名其妙沒了蹤影的嚎叫者，一蹦一跳地向他們迎上來，搖著尾巴，滿意地微笑著。動物聽見一聲莊重的鳴槍聲，從農莊建築物的方向傳來。

「為什麼放槍？」拳擊手問。

「慶祝我們的勝利啊！」嚎叫者叫道。

「什麼勝利？」拳擊手說。他的膝蓋在流血，丟了一隻馬蹄鐵，蹄子也撕裂了，後腿還中了十幾塊彈片。

「什麼勝利，同志？難道我們沒有把敵人趕出我們的土地嗎？我們動物農莊的神聖領土呀！」

「可是他們毀掉了風車。我們為它辛辛苦苦了兩年啊！」

「那有什麼關係？我們還能再建一座風車的。如果我們喜歡，我們就建它六座。同志，你們沒體會到我們創造了多偉大的事業。我們腳下這塊土地，剛剛遭到敵人的侵占，而現在——多虧了拿破崙同志的領導——我們又把每一吋土地奪了回來！」

「我們只不過奪回了我們原來就有的東西。」拳擊手說。

「那就是我們的勝利。」嚎叫者說。

他們蹣跚著走進院子。拳擊手感到腿上的彈片帶來一陣陣刺痛。他看到前面那從地基起重建風車的繁重勞動，已經在想像自己為這目標鼓足勇氣全力以赴的樣子。然而他也頭一回意識到自己已經十一歲了，他強健的肌肉恐怕不像從前那麼有力了。

但當動物看到飄揚的綠旗、聽見槍聲再次鳴響——一共響了七次——又聽到拿破崙所做的演講，祝賀他們的英勇行為時，他們似乎還是感到自己終歸贏得了一場偉大的勝利。他們為戰鬥中犧牲的動物舉行了莊嚴的葬禮。拳擊手和苜蓿拖著被用作靈車的運貨車，拿破崙親自走在送葬隊伍的最前面。慶祝活動用了整整兩天。大家唱歌、演講、一遍遍鳴槍，每隻動物都獲贈一顆蘋果作為特別禮物、每隻禽鳥都得到兩盎司穀物、每條狗都得到三塊餅乾。本次戰役被宣布命名為「風車戰役」，拿破崙還創建了一項新的勛章，叫「綠旗勛章」，並把它授予了自己。在一片歡樂氣氛中，偽鈔那件倒楣事已經被忘記了。

慶祝活動過去幾天之後，群豬在農莊住屋的地窖裡發現了一箱威士忌。房子剛被占領時，大家都沒注意到它。那天晚上，農莊住屋裡傳來了吵鬧的歌聲，讓大家驚奇的是，其中也混雜著〈英格蘭的獸類〉的曲調。九點半左右，拿破崙戴著一頂瓊斯先生的舊圓頂硬禮帽，顯眼地從後門現身，他繞著院子很快跑了一圈，就又消失在門裡面。而在第二天早晨，農莊住屋籠罩在一片深深的寂靜裡。看不到一頭豬走動。差不多九點時，嚎叫者出現了，他沒精打采地拖著步子走著，眼神呆滯，尾巴無力地吊在身後，看起來病得不輕。他把動物集合起來，告訴大家他有可怕的消息要宣布。拿破崙同志病危！

哀痛的哭聲響起了。農莊住屋的門外鋪上了稻草，動物踮起腳尖走過。他們眼含熱淚，彼此詢問著要是死神帶走了他們的領袖，他們該怎麼辦。有傳聞說雪球到底還是設法在拿破崙的食物裡下了毒。到了十一點時，嚎叫者再次出來做另一項宣布。作為拿破崙同志彌留於世的最後行動，他頒布了一項莊嚴的法令：飲酒者將被處以死刑。

可是到了傍晚，拿破崙卻出現了好轉的跡象，第二天早上，嚎叫者已經可以告訴大家，拿破崙正在康復。那一天黃昏，拿破崙回來工作了。又過了一天，有消息說他指派溫普爾在威靈頓購買了一些關於釀酒和蒸餾的小冊子。一星期後，拿破崙下令翻耕果園後面的小牧場，那裡本來是留給退休動物放牧用的。現在的說法是牧場已經耗盡，需要重新播種；但很快消息傳開，拿破崙打算在那裡種上大麥。

差不多就在這時，發生了一件大家很難理解的怪事。一天晚上快十二點時，院子裡響起一陣很大的撞擊聲，弄得動物都從畜欄裡跑了出來。那是個有月光的夜晚。在書寫著七戒的大穀倉尾牆下，倒著一架斷成兩截的梯子，摔傻了的嚎叫者四仰八叉地躺在一邊，手旁倒著一隻燈籠、一把油漆刷子和一罐翻倒的白漆。幾條狗立刻把嚎叫者圍在圈裡，等他剛一能走動，就趕緊護送他回到農莊住屋裡。動物誰也無法理解這到底是怎麼回事，除了老班傑明，明白了什麼似的點點他的長嘴巴，像參透了祕密，但絕不會吐露半個字。

而幾天以後，當穆里爾自顧自讀著七戒的時候，注意到還有一條戒律動物也記錯了。他們本以為第五條戒律是「動物都不得飲酒」，但他們忘了那兒還有兩個字。實際上那戒律說的是：「動物都不得過量飲酒。」

第九章

拳擊手裂開的蹄子，癒合花了很長時間。他們從慶功會結束的第二天就開始重建風車了。拳擊手一天都不肯休息，而且出於榮譽心，不讓別的動物看出他帶著傷痛上工。到了傍晚，他會私下裡對苜蓿承認，蹄傷讓他實在痛得不行。苜蓿把嚼爛的草藥敷在他的蹄子上。她和班傑明都勸拳擊手不要那麼拚命。「馬兒的肺不是鐵打的。」她告訴他。但拳擊手不聽，他說，他只剩一個真正的抱負——在他退休之前，看到風車投入運轉。

當動物農莊的法律最早制定的時候，規定馬和豬的退休年齡是十二歲、牛是十四歲、狗是九歲、羊是七歲、雞和鴨是五歲。優厚的養老金也規定好了。雖然至今還沒有動物真正享受過養老金，但最近這話題被談論得越來越多。現在果園後面那一小片田地被留種大麥，據傳聞大牧場的一角要被隔開，作為退休動物的放牧地。據說一匹馬的退休金是一天五磅穀物，冬季每天有十五磅乾草，國定假日還有一根胡蘿蔔，也可能是一個蘋果。拳擊手到明年夏末就要過十二歲生日了。

同時，生活也很艱難。冬天像去年一樣寒冷，但吃的東西甚至比去年還少。再一次，配給大家的口糧被削減了，除了豬和狗。嚎叫者解釋說，口糧分配上過於僵死的平均主義，違背了動物主義的精神原則。無論在什麼狀況下，他都能毫無困難地向動物證明，他們並不缺少食物，不管表象如何。當然，誰都能看到，眼下很有必要調整口糧配額（嚎叫者總說「調整」，從來不用「減少」一詞），但比起瓊斯在的日子，改善還是很明顯的。他用尖細的嗓音飛快地念出一串數字，用細節向大家證明，和瓊斯時代相比，他們現在有更多的燕麥、更多的乾草、更多的蘿蔔，而工時卻更短、飲水品質更佳、活得更久、後代的存活率更高、畜欄裡的稻草更厚實、更不會受到跳蚤騷擾。動物信了他說的每個字。說真的，瓊斯和他所代表的一切差不多已經從他們記憶裡消失了。他們知道如今日子緊繃繃的，總是飢寒交迫，只要沒在睡覺，通常都在勞動。但毫無疑問，他們過去的日子更苦更糟。他們樂於相信這一點。此外，那些日子裡他們是人類的奴隸，而現在他們是自由的，這使一切本質上不同了——嚎叫者當然記著指明這一點。

現在要吃飯的嘴更多了。秋天，四頭母豬差不多同時下崽，生下三十一頭小豬。

他們都是花斑豬，由於拿破崙是農莊裡唯一的種豬，因此很容易猜出他們的家譜。後來的動物被告知，買回磚頭和木料後，將在農莊的花園裡建起校舍。眼下這會兒，拿破崙親自在農莊廚房裡訓導小豬。他們在花園裡運動，不准和其他動物的幼崽一同玩耍。差不多就在這個時候，制定了一條規矩，不管什麼其他動物在路上遇到了一頭豬，都必須站到旁邊給豬讓路；而所有的豬，無論什麼地位，都享有星期天在尾巴上繫綠緞帶的特權。

過去一年裡，農莊相當成功，但還是缺錢。需要買磚頭、沙子和石灰來建教室；為了採購風車的機械設備，也有必要再開始存錢。房子還需要燈油和蠟燭，拿破崙自己的餐桌上要有糖（他禁止別的豬吃糖，理由是怕他們發胖），此外還得買所有日常用品如工具、釘子、繩子、煤炭、電線、鐵器以及狗餅乾等等。一垛乾草和部分馬鈴薯收成被賣掉了，雞蛋協議被增多到了每週六百個，這使得這一年母雞幾乎沒有孵出足夠多的小雞，來把雞的總數維持在同一水準。動物的口糧，十二月已經削減過一次，下一年二月又削減了一次。為了節約燈油，畜欄裡不能點燈。然而群豬看起來過得夠舒服，事實上還多多少少增加了體重。二月下旬一個下午，一間小釀造室裡飄出一股溫暖、濃郁、讓大家胃口大開的香味，穿過整座院子，動物以前從沒聞見過這香味。釀造室在廚房另一邊，從瓊斯時代就已經廢棄不用了。有的動物說這是烹煮大麥的味道。動物饑腸轆轆地嗅著空氣，很想知道那是不是在為晚飯準備熱乎乎的大麥粥。但不僅熱粥沒出現，而且在下個星期天宣布說從今往後所有大麥都留給豬食用。大麥已經種在果園那邊的田地裡了。很快，又傳出消息，現在每頭豬每天都得到一品脫啤酒的配給，拿破崙自己則得到半加侖，都是盛在有英國王冠標誌的德比湯碗裡端給他的。

但說到日子的艱辛，這一點多多少少已被如今生活中更多的尊嚴感抵消掉了。現在歌聲更多，演講更多，遊行更多。拿破崙已經下令，每週要舉行叫作「自發遊行」的活動，目的是歡慶動物農莊的戰鬥和勝利。在指定的時間，動物都要放下工作，排成軍事佇列環繞農莊領地行進。豬打頭，接著是馬、牛、羊，然後是禽類。狗位於隊伍兩側，而所有動物的最前面，由拿破崙那隻黑色小公雞率先開路。拳擊手和苜蓿總是拉開一條綠色橫幅，上面有蹄子和犄角的標誌，還有大標題：「拿破崙同志萬歲！」遊行結束後，是頌揚拿破崙的詩歌朗誦，再銜接上嚎叫者做的有關最近糧食增產資料的演講，時不時還要鳴槍一響。綿羊最熱衷於參加自發遊行，如果誰抱怨（遇到豬和狗不在旁邊時，有些動物會這麼做）他們在浪費時間和站在寒風裡凍到不行，綿羊必定咩咩大叫：「四腿是好漢，兩腿是壞蛋！」以此讓他們閉嘴。不過總而言之，大多數動物還是喜愛這些慶祝活動的。這頗為欣慰地提醒了他們，畢竟，他們真是自己的主人了，他們的勞動是在為自己造福。因此，伴隨著歌聲、遊行、嚎叫者的數據清單、雷鳴般的槍響、小公雞的喔喔啼叫，以及旗子的招展，他們能忘掉自己還餓著肚子——至少忘記一下子。

四月裡，動物農莊被宣布為共和國，有必要為此選出一位總統。只有一個候選人，拿破崙，他獲得了毫無異議的全部選票。在同一天，公布了新發現的證明材料，進一步揭露了雪球和瓊斯合謀的細節。現在知道了，雪球不止像動物以前想像的那樣，只企圖耍陰謀，輸掉牛棚戰役，還公然站在瓊斯一邊參戰。事實上，他正是人類軍團的領導者，嘴巴裡高呼著「人類萬歲！」衝進戰場。至於有些動物還記著的雪球背上那些傷口，其實是拿破崙的牙齒咬的。

仲夏時節，烏鴉摩西失蹤了幾年之後，忽然又出現在農莊上。他一點都沒變，還是不做事，還依然用同樣那副腔調講述蜜糖山。他棲在樹樁上，拍著黑翅膀，只要有誰願意聽，就嘮叨個不停。「在那裡，各位同志，」他用大嘴指指天空，一本正經地說，「在那兒，就在烏雲的另一邊，你們能看見——那裡坐落著蜜糖山，我們這些可憐的動物最終擺脫了勞作之苦後，將永遠安歇的歡樂國度！」他甚至聲稱，在他更高的某一次飛行中，曾到過那裡，在那裡目睹了萬古碧綠的苜蓿田，和樹籬上長出的亞麻籽蛋糕與方糖。許多動物相信了他。他們推理說，他們現在的生活飢餓又艱難，那麼別處存在著一個比這裡好得多的世界，難道不是合情合理的嗎？豬對摩西的態度卻有點難以把握。他們一致輕蔑地宣稱有關蜜糖山的故事全是謊言，但又允許摩西留在農莊，不用做事，每天還補貼給他四分之一品脫的啤酒。

拳擊手的蹄傷痊癒後，做得比以前更賣力了。實際上，所有動物那一年都像奴隸似的勞動。除了農莊的日常勞務和重建風車之外，還要加上三月開工的小豬的校舍。有時長時間餓著肚子實在難忍，但拳擊手從未動搖。他的言行舉止中，沒顯出任何力不如前的跡象。只有他的外貌稍有變化：他的皮膚已沒有以往那麼光澤閃亮，他壯碩的腰臀也似乎消減了些。別的動物說：「當春草生長起來，拳擊手就會好起來的。」但春草長起來了，拳擊手卻沒有壯起來。有時候，在通向採石場頂部的斜坡上，當他用全身肌肉拚命頂住那些巨石的重量，似乎僅憑意志力才支撐著他站穩腳跟。在那樣的時刻，他的嘴唇抽動著，似乎想說「我會更賣力做」，卻沒發出聲音來。再一次，苜蓿和班傑明警告他注意身體，但拳擊手沒放在心上。他十二歲的生日快到了。他其他什麼也不在乎，除了趁退休前積攢起足夠多的石頭這一件事。

夏季的一個傍晚，農莊裡一個傳聞突如其來，說拳擊手出事了。他獨自出去拖一車石頭去風車那裡。而後，傳聞成了千真萬確的實事。幾分鐘後，兩隻鴿子飛遞回了消息：「拳擊手摔倒了！他側著身子躺著，起不來了！」

農莊上差不多半數動物衝出來，奔向風車所在的小丘。拳擊手躺在那兒，卡在兩根車轅之間，他伸著脖子，連頭也抬不起來。他眼神呆滯，身上的皮毛浸透了汗水。一股細細的血水淌出他的嘴裡。苜蓿在他身邊跪下。

「拳擊手！」她哭叫著，「你怎麼啦？」

「我的肺出問題了，」拳擊手的聲音很虛弱，「不要緊。我想就算沒有我，你們也會建成風車的。石頭已經備了很多了。無論如何，我頂多只有一個月了。跟你說實話，我一直盼著退休那一天呢。也許，他們看著班傑明也在一天天老去，會讓他和我同時退休，跟我做伴。」

「我們必須馬上找到救兵，」苜蓿說，「誰快去告訴嚎叫者這裡發生的事。」

其他動物都立刻跑回農莊住屋，去給嚎叫者報信。只有苜蓿和班傑明留下來。班傑明臥在拳擊手旁邊，沉默不語，用他的長尾巴替拳擊手趕開蒼蠅。過了大約一刻鐘，嚎叫者出現了，滿懷同情和關切。他說，拿破崙同志已經知悉了這件事，他為農莊裡這位最忠實的勞動者發生的不幸感到最深切的難過，並已經安排送拳擊手到威靈頓的醫院治療。動物對此感到隱隱不安。除了莫莉和雪球，其他動物還從未離開過農莊呢，而且他們也不願去想像他們患病的同志落入人類之手。然而，嚎叫者很容易就使他們信服，比起留在農莊，威靈頓的獸醫能給拳擊手更周到滿意的照護。大約又過了一個半小時，拳擊手稍稍恢復了一點，他艱難地站了起來，勉強一瘸一拐地走回馬廄，苜蓿和班傑明已經在那兒為他鋪好了一張舒適的稻草床。

接下來的兩天，拳擊手都待在馬廄裡。豬給他送來一大瓶粉紅色的藥，那是他們從浴室的藥箱裡找到的。苜蓿督促拳擊手吃藥，每天兩次，飯後服用。晚上她就待在他的馬廄裡，和他說話，同時班傑明還給他趕著蒼蠅。拳擊手聲稱他不會為發生的事後悔。如果他康復得好，他還期待再活三年，他嚮往著將在大牧場角落裡度過的安寧時光。這會是他第一次有餘暇去學習，增長智慧。他說，他打算用餘生去學會D後面那其餘的二十二個字母。

可是，班傑明和苜蓿只能在收工後來陪拳擊手，一天中午，一輛帶篷的貨車來拉走了他。那時，動物正在一頭豬的監督下給蘿蔔地鋤草，他們吃驚地看到班傑明從農莊建築物方向狂奔而來，拉開最高的嗓門叫喊著。他們平生第一次見到班傑明這麼激動——也實際上頭一回見他狂奔。「快，快！」他吼道，「趕快來！他們在拉走拳擊手！」動物不等豬的命令，扔下手頭的工作，衝回農莊建築物內。果真如此，院子裡，停著一輛兩匹馬拉著的蓋嚴了的大貨車，車身兩側都寫著字，一個相貌奸猾、戴著低簷圓氈帽的男人，坐在駕駛座上。拳擊手的馬廄已經空了。

動物圍住貨車。「再見，拳擊手！」他們紛紛高喊著，「再見！」

「笨蛋！笨蛋！」班傑明咆哮道，圍著他們亂跳，還用他的小蹄子猛砸地面，「你們這些笨蛋！難道沒看見那車廂上寫著什麼嗎？」

這話讓動物頓住了，安靜下來。穆里爾開始拼讀那些單字。但班傑明把她推到一邊，在一片死一樣的沉寂中，他讀道：

「『阿爾弗雷德·西蒙斯，馬匹屠宰者和煮膠商，威靈頓。皮革和骨粉商。兼供狗食。』難道你們不懂這是什麼意思嗎？他們要把拳擊手送到屠宰場裡去！」

動物全都爆發出恐怖的喊叫。就在這時，那個坐在駕駛座上的人揚鞭抽了他的馬幾下，貨車迅捷地駛出了院子。所有動物追出去，一邊扯著嗓子拚命哭喊。苜蓿奮力衝在最前面。貨車加快了速度。苜蓿試圖邁開粗胖的四肢奔馳，但也僅僅達到慢跑的速度。「拳擊手！」她哭叫著，「拳擊手！拳擊手！拳擊手！」恰在此刻，彷彿拳擊手聽到了外面的喧囂，他的臉和那帶白斑的鼻子，顯露在貨車後面的小窗上。

「拳擊手！」苜蓿用恐怖的嗓音哭叫道，「拳擊手！快出來！他們要送你去死啊！」

所有動物也一齊高聲哭喊：「出來，拳擊手，快出來！」可是貨車已在全速前進，把他們遠遠甩在後面了。無法確定拳擊手是否聽懂了苜蓿的話。但不久後，他的臉消失在小窗裡，緊接著貨車裡傳出一陣震耳欲聾的馬蹄蹬踢聲。他要踢開車廂，他想逃！拳擊手猛踢的幾蹄子，幾乎要把貨車廂板踢碎了。但是哎呀！他的神力已不復當初；一會兒之後，蹄子的踢蹬聲開始減弱，最後聽不見了。動物在絕望中，只得轉而向那兩匹拉貨車的馬求助，希望他們停下。「同志！同志！」他們大聲叫著，「不要讓你們自己的兄弟去送死！」但那兩頭蠢笨的畜生，全不知發生了什麼事情，只是收緊耳朵，加快腳步。拳擊手的臉再也沒出現在小窗上。有動物想超到前面去，關上五道門的大門，但太遲了，貨車一眨眼就衝了過去，沿著大路一溜煙不見蹤影。再也見不到拳擊手了。

三天後，動物得知拳擊手死在威靈頓的醫院裡，但他獲得了一匹馬所能得到的最無微不至的照料。嚎叫者過來向大家宣布這消息。他說，拳擊手最後的幾小時裡，他一直陪伴在場。

「這是我見過最令我感動的場景！」嚎叫者說，抬起蹄子，抹掉一滴眼淚，「他臨終時，我就在他身邊。最後時刻，他虛弱得幾乎說不出話，他在我耳邊低聲說，他唯一的遺憾是風車沒建成就走了。『前進，各位同志！』他耳語著說，『以造反的名義前進。動物農莊萬歲！拿破崙同志萬歲！拿破崙一貫正確。』這就是他的臨終遺言，各位同志。」

說到這裡，嚎叫者的態度驟然一變。他沉默了一小會兒，一雙小眼睛用懷疑的目光來回掃視了一番，才又接著往下說。

他說，據他所知，拳擊手被送走的時候，一個愚蠢而邪惡的謠言在農莊裡流傳。有些動物注意到運走拳擊手的貨車上寫著「馬匹屠宰者」字樣，就想當然地得出了結論，說拳擊手是被送去屠夫那裡。嚎叫者說，實在難以置信啊，怎麼會有動物如此愚昧？他甩著尾巴來回跳著腳，一邊憤憤不平地喊著，他們就不能對他們敬愛的領袖拿破崙同志瞭解得多一點嗎？對那幾個字的解釋其實很簡單。那輛貨車原來是某個屠夫的財產，後來被獸醫買下來了，但沒有塗掉原有的名字，這就引起了誤解。

動物聽了這話都大大鬆了一口氣。當嚎叫者繼續繪聲繪影地描述拳擊手彌留之際的種種細節、他受到的無微不至的照護、拿破崙毫不猶豫地為他支付的昂貴藥費等等，動物最後一絲疑慮也煙消雲散了。想到拳擊手起碼是愉悅地瞑目了，稍許緩和了他們為失去一位同志感到的悲痛。

拿破崙親自出席了下一個星期天早晨的大會，並宣讀了一篇紀念拳擊手的簡短悼詞。他說，因為種種原因，沒辦法把他們痛失了的同志的遺體運回農莊安葬，但他已下令，用農莊花園裡的月桂枝製成一個大花圈，送至拳擊手墓前安放。並且在幾天以後，群豬還有意為拳擊手舉辦一次紀念宴會。拿破崙用兩句拳擊手最喜愛的格言結束他的演講——「我會更賣力做」和「拿破崙同志一貫正確」。他說，所有動物都要讓這些格言成為自己的。

到了確定舉辦宴會的那天，一輛雜貨商的貨車從威靈頓駛來，給農莊住屋送來一個大木箱。那天夜裡傳來陣陣高歌，接著聽起來有一場大吵大鬧，到十一點左右，結束於一聲玻璃爆破的巨響。直到次日中午，農莊住屋裡無聲無息。繼而有傳聞說那些豬不知從哪裡弄到錢，又給他們自己買了一箱威士忌。

第十章

年復一年過去。冬去春來，季節變換。壽命不長的動物都死了。現在，除了苜蓿、班傑明、烏鴉摩西，以及幾頭豬之外，已經沒有誰還記得造反前的日子了。

穆里爾死了；藍鈴、傑西和鉗子死了。瓊斯也死了——他死在本鄉另一處的一個醉鬼收容所裡。雪球被遺忘了。拳擊手也被遺忘了，除了本就認識他的幾位。苜蓿成了一匹發福的老母馬，關節僵硬，總堆著一圈眼屎。她已經超過退休年齡兩歲了，但實際上，沒有動物真的退休。把牧場一角作為退休動物放牧地的話題，早已不被提起了。拿破崙如今是一頭重達三百三十六磅的成熟公豬。嚎叫者胖得眼睛都快睜不開了。只有老班傑明還跟從前差不多，只不過鼻子和嘴周圍的毛色更花白了點，而且，自從拳擊手死後，他比以前更加悶悶不樂、沉默寡言。

農莊裡現在多了很多動物，雖然成長的數量不如早年期待的那麼多。許多動物出生時，造反已經成了一個口口相傳的模糊傳聞。還有些動物是被買來的，在到達農莊前從沒聽誰提起過這回事。現在，農莊裡除了苜蓿，還添了三匹馬，他們都是誠實正直的好牲口、工作勤懇的好同志，但是相當笨。他們中沒有一個能學會B後面那些字母。有關造反和動物主義的原則，他們全盤接受聽到的東西，尤其是從苜蓿口中說出來的，他們對她如母親一般孝敬；但他們是否真明白那含義，也著實可疑。

農莊現在更繁榮興旺了，組織得也更好；因為從皮爾金頓先生手裡買來兩塊地，農莊變得更大了。風車最終建成了，農莊擁有了一台脫粒機，和一架自己的乾草裝運機，還增建了各種新建築。溫普爾給他自己買了一輛雙輪馬車。然而，最後風車還是沒用來發電。它被用於磨穀子，給農莊掙得了可觀的收入。動物又在努力修建另一座風車；說是這座風車建成後，就要安裝發電機。可是雪球曾為動物描述過的那種美夢，像安了電燈、有冷熱水的畜欄啦，每週三天工作制啦，卻再沒被提起。拿破崙譴責這些想法違背了動物主義的精神。他說，最真實的幸福，在於勤奮工作、簡樸生活。

某種意義上，農莊似乎變得富裕了，雖然動物依舊很窮——當然，除了豬和狗。或許這部分原因在於有了太多的豬和太多的狗。這些動物不是不工作，只是在用自己的方式工作。嚎叫者不厭其煩地跟大家解釋說，農莊的監督和組織工作沒完沒了。很多這樣的工作別的動物太無知因而理解不了。嚎叫者告訴大家，舉例來說，群豬每天要花大量精力處理諸如「文件」、「報告」、「會議紀錄」、「備忘錄」之類微妙困難的事務。那都是寫滿了字的大張大張的紙，而一旦完全寫滿，又必須投入火中燒掉。嚎叫者說，這對農莊的生活福祉至關重要。但麻煩依然是，豬和狗都不靠勞動來生產任何食物；然而他們數目那麼多，食欲又一直那麼好。

對其他動物，就他們所知，他們的生活還和以前一樣。他們總是餓著肚子、他們睡在稻草上、他們喝飲水池裡的水、他們下地勞作；冬天裡受寒冷折磨，夏天裡遭蚊蠅騷擾。有時，他們中年紀大的折騰著他們模糊的記憶，試著想搞清楚在剛剛造反、瓊斯被趕走沒多久的那些日子裡，他們比現在過得更好還是更糟。他們記不起來了。他們沒有什麼可以用作參照，來比較現在的生活，除了嚎叫者那一大串數字外——那些數字永遠不變地表明一切都變得越來越好。動物發現無法解決這個難題，反正他們也沒什麼時間去揣摩這種事情。只有老班傑明聲稱他記得漫長一生中的每一個細節，而且知曉將來和過去都一樣，永遠不會比現在好或糟到哪裡去。所以他說，飢餓、艱苦和失望，乃生活之常道，誰也改變不了。

可是動物永遠不會放棄希望。更進一步說，他們從來沒有，連一剎那也沒有失去過作為動物農莊一員的榮譽感和特權感。他們的農莊是全國——在整個英格蘭！——

唯一由動物擁有和管理的農莊。任何一隻動物，哪怕最年幼或新近剛從一二十哩外別的農莊弄來的動物，都會為此由衷驚歎。當他們聽到鳴槍聲，看見綠旗在旗杆上飛揚，內心就久久洋溢著自豪感，話頭就總是轉向往昔的英雄歲月：驅逐瓊斯、書寫七戒、幾次擊敗人類入侵的偉大戰役。任何舊日夢想都沒有被遺棄。大家仍堅信老少校曾預言過的動物共和國，那時英格蘭碧綠的田野將不再被人類的腳踐踏。這一天總會到來的：也許不那麼快，也許此刻活著的動物有生之年都不會見到，但它還是在臨近。甚至〈英格蘭的獸類〉的曲調也這裡那裡被悄悄哼著，不管怎樣，雖然誰也不敢大聲唱出來，但事實就是，動物農莊裡的每一位都知道這首歌。他們的生活也許艱難，他們的希望也許不會全部實現；但他們知道得很清楚，他們不同於其他動物。如果他們餓肚子了，不是因為把食物給了暴虐的人類；如果他們工作太艱苦，起碼是為自己勞動。他們中沒有誰用兩條腿走路。沒有誰把別的動物稱為「主人」。所有動物一律平等。

初夏的一天，嚎叫者命令綿羊跟著他，把他們領到農莊另一端的一塊荒地上，那裡長滿了樺樹苗。在嚎叫者監督下，群羊啃了整整一天樹葉。到了傍晚，嚎叫者獨自回到了農莊住屋裡，但是告訴綿羊留在荒地上別離開，反正天氣挺暖和。結果他們在那裡待了整整一星期。這段時間裡，其他動物誰都沒見過他們。每天大部分時間裡，嚎叫者都和他們在一起。他說，他在教他們唱一首新歌，那需要保留某種私密。

就在綿羊回來之後不久，那是一個靜謐的傍晚，動物結束了勞動，正走在回農莊建築物的路上，院子裡傳出一匹馬驚恐的嘶鳴。動物驚呆了，停住了腳步。那是苜蓿的聲音。她再一次嘶鳴，所有動物發足狂奔，衝進了院子。緊接著他們看到了苜蓿見到的情景。

是一頭豬在用他的兩條後腿走路。

是的，那是嚎叫者。他有點笨拙，似乎還不習慣用那個姿勢支撐他的大塊頭，但他漫步著穿過院子，還是保持了完美的平衡。又過了一會兒，一長串豬走出農莊住屋的大門，都在用後腿走路。有的走得比較好，有一兩頭豬還走得不很穩，看起來似乎更想拄上一根拐杖，但每一頭豬都順利繞著院子走了一圈。最後，傳來一陣巨大的狗吠聲，那隻黑色公雞也發出一聲尖銳的啼叫，拿破崙親自出來了，威嚴地昂著頭，用傲慢的眼光掃視著全場，他的狗群狂蹦亂跳地圍繞著他。

他的蹄子間夾著一根鞭子。

全場一片死寂。動物都驚呆了，嚇壞了，擠成一團，看著群豬長長的行列慢慢繞著院子行進。好像世界翻轉過來了。接下來那一刻，當最初的震驚稍稍平復，儘管他們很怕那些大狗，儘管他們長年累月養成了從不抱怨、從不批評任何事的習慣，然而面對這場景，他們可能要發幾句異議了。但就在這一剎那，像接到一個信號似的，所有綿羊爆發出一陣巨大吵鬧的咩咩叫——

「四腿是好漢，兩腿更好漢！四腿是好漢，兩腿更好漢！四腿是好漢，兩腿更好漢！」

叫聲連續不斷地持續了五分鐘。當綿羊安靜下來的時候，豬已經列隊返回農莊住屋裡去了，發表任何異議的機會已經過去了。

班傑明感到誰的鼻息噴在他肩頭上。他回頭一看，是苜蓿。她的老眼比任何時候都顯得昏暗。她什麼也沒說，輕輕拖著班傑明的鬃毛，帶他繞到大穀倉盡頭、寫著七戒的地方。有一兩分鐘，他們站在那裡，盯著那堵寫著白字的瀝青牆。

「我的眼睛不行了，」最後，她說，「就算我還年輕，也讀不懂那上面寫的是什麼。但我覺得這牆看起來不同了。七戒還和以前一樣嗎，班傑明？」

這一次，班傑明應允打破自己的規矩，給她讀了牆上寫著的東西。上面只剩下一條戒律：

所有動物一律平等，
但有些動物比其他動物更平等。

既然這麼說了，第二天見到蹄子間夾著鞭子的豬監工也就不奇怪了。同樣沒什麼可奇怪的是，聽說群豬為自己買了一架無線電收音機，安排裝設了電話，訂閱了《約翰牛雜誌》、《花邊新聞報》和《每日鏡報》。見到拿破崙叼著菸斗在農莊花園散步，也沒什麼可大驚小怪——沒什麼了不起的，甚至當那些豬穿上從衣櫥裡翻出的瓊斯先生的衣服，拿破崙自己穿著黑外套、獵裝馬褲外加一條皮綁腿，和他寵愛的母豬套著瓊斯太太星期天才穿的波紋綢裙一同現身，也統統見怪不怪了。

一個星期後的某天下午，幾輛輕便馬車駛入農莊。一個鄰近農莊主人組成的代表團應邀來觀光考察。他們被領著在農莊裡到處參觀，對所見的一切表示出極大的讚賞，特別是對於風車。動物那時正在給蘿蔔地除草。他們埋頭苦幹，幾乎連臉都不抬一下，不知道他們是比較害怕豬還是那些人類觀光客。

晚上，大笑和高歌的聲音從農莊住屋傳來。突然間，這混雜的聲音，勾起了動物強烈的好奇心。這是第一次，動物和人地位平等地一起聚會，那裡會發生什麼事情？他們不約而同、盡量輕手輕腳地向農莊花園爬去。

在門口，他們停住了，心裡怕怕的，不敢繼續前進。可是苜蓿帶頭進去了。他們踮起腳尖靠近了房子，一些高個子的動物還從餐廳窗戶往裡窺望。裡面，環繞著長桌子，坐著六個農莊主人和六頭氣派不凡的豬，拿破崙自己坐在桌子頂端東道主的位子上。眾豬在自己的座位上，全顯出一副安閒自得的樣子。賓主一直在興高采烈地玩牌，但又稍停了一下，顯然是要祝酒乾杯。一把大酒壺被傳遞著，杯子正重新被斟滿啤酒。沒有誰注意到動物疑惑的面孔，正從窗外向裡看。

狐狸木的皮爾金頓先生站起來，手裡端著酒杯。他說，一會兒之後，他請在場諸位同乾一杯。但暢飲之前，他感到他有義務先說幾句話。

他說，長久以來的不信任和誤解現在都消除了，這讓他覺得非常滿意，他相信在座諸位也都有同感。曾有一段時間——雖然他和在場的人都不曾有這種感覺——但確有一段時間，可敬的動物農莊主人曾受到了他們人類鄰居的……他不願說是敵意，寧可說是某種程度的猜疑。發生過一些不幸的事，流傳過一些錯誤的觀念。人類曾覺得，存在著一座由豬擁有和管理的農莊，總有些不正常，容易給鄰近的農莊帶來一些不安定的影響。太多的農莊主人沒做適當調查就下結論，說在那樣的農莊裡，肯定是無法無天和膽大妄為的氣氛占上風。他們憂懼那會影響自己的動物，或甚至雇工。但現在這一切疑慮都煙消雲散了。今天他和他的朋友已經參觀了動物農莊，用自己的眼睛審視了這裡每一吋土地，他們發現了什麼？不僅是最新式的生產方式，而且是一種堪稱楷模的紀律和秩序，該讓所有地方的農莊引為榜樣。他相信，動物農莊的下層動物是全國做得最多、吃得最少的動物。實際上，他和同來的訪客今天觀察到了動物農莊的許多特色，他們打算立刻引進自己的農莊裡去。

他說，他就要結束致辭了，他想再次重申，動物農莊和它的鄰居存在著友好感情，這感情應該繼續下去。豬和人之間，不曾有、也不需要有任何利害衝突。他們的奮鬥和遭遇的困難完全一樣。勞工問題不是到處都一樣嗎？說到這兒，顯然皮爾金頓先生要對大家說幾句斟酌已久的妙語，但他已經樂不可支，半天也說不出一句話。他幾次憋住笑意，層層疊疊的下巴都變成了絳紫色，最後總算把話吐了出來：「要是你們得玩轉你們的底層動物，」他說，「我們也得玩轉我們的底層階級！」這句俏皮話引來全桌哄堂大笑。皮爾金頓先生再次為他觀察到的動物農莊少口糧、長工時、整體上的高效率向眾豬祝賀。

他最後說，現在，他請全體各位起身，確保斟滿酒杯。「各位先生，」皮爾金頓先生總結道，「各位先生，我向諸位祝酒：為動物農莊的繁榮興旺，乾杯！」

熱情的歡呼聲和跺腳聲隨之響起。拿破崙無比得意，離開座位，沿桌繞到皮爾金頓先生身旁，與他碰杯，而後一飲而盡。當歡呼聲平靜下來後，拿破崙用兩條腿站著，示意大家，他也有些話要說。

就像拿破崙所有的演講，這一次也簡短而直奔要點。他說，他也非常高興，看到長期的誤會終於解開。長久以來，總有謠言流傳。他有理由相信，是居心叵測的敵人在散布謠言。謠言說，在他和他同事的長遠規畫中，有一些顛覆性，甚至革命性的東西。他們被認為企圖在鄰近農莊的動物中煽動造反。事實真相不容扭曲！無論過去或現在，他們唯一的期望，就是與鄰居和平共處，保持正常貿易關係。他補充道，這個他有幸掌管的農莊，是一個合作性質的企業。由他親自保管的那張地契，是由群豬共同所有的。

他說，他不信舊的猜忌還在作祟，而近來對農莊的常規做了一些新改變，將有助於進一步增強彼此的信任。迄今為止，農莊裡的動物有種相當愚蠢的慣例——互稱「同志」。以後不准這樣做。還有一種很奇怪的習俗，其源由不可考：每個星期天早晨要列隊經過一頭公豬的頭蓋骨，那頭蓋骨被釘在花園裡的一根木樁上。這也是不允許的，那頭蓋骨已經被埋了。來訪的賓客或許看到了旗杆上飄揚的那面綠旗。果若如此，他們也許已發現，那上面原有的白色蹄子和犄角圖案被去掉了。從此以後，它將是一面全綠的旗幟。

他說，對剛才皮爾金頓先生精彩而親切的演講，他只想修正一點。皮爾金頓先生一直提到「動物農莊」。他當然不知道——因為，即使他自己、拿破崙，也是第一次宣布——「動物農莊」這個名稱已經被廢止了。從今以後，這座農莊將被稱為「梅諾農莊」——他確信，這才是它正確和原有的名字。

「各位先生，」拿破崙總結道，「我要給你們像剛才一樣祝酒，但有不同的形式。請斟滿你們的杯子。各位先生，這是我的祝詞：為梅諾農莊的繁榮興旺，乾杯！」

大家又爆發出和先前一樣的熱情歡呼，把杯中酒喝得一滴不剩。但房間外盯著這場景看的動物，卻發現似乎正在發生什麼奇怪的事。眾豬臉上起了什麼變化？苜蓿昏花的老眼從一張臉移到另一張。他們中有的有五重下巴，有的有四重，有的有三重。但究竟是什麼在融匯、在變化？接下來，掌聲平息之後，座中諸位又抓起他們的紙牌，繼續玩被打斷的遊戲，而動物都悄悄離開了。

然而他們還沒走出二十碼遠，就突然停下了。一陣大吵大鬧的聲音從農莊住屋傳出來。他們飛奔回去，又從窗戶向裡望去。是的，一場激烈的爭吵正在進行。有吼叫的，砸桌子的，投射懷疑目光的，憤怒否認的。衝突的起因，似乎是拿破崙和皮爾金頓先生同時出了一張黑桃Ａ。

十二個嗓音在狂怒地叫喊，他們全都彼此相似。現在，毫無疑問，群豬臉上發生了什麼變化已經清楚了。外面的動物從豬看到人，又從人看到豬，看來看去：已經不可能分清誰是誰了。

一九四三年十一月—一九四四年二月

終

〈譯後記〉

無限趨近歐威爾

一九八四年初，我在北京國際關係學院一號樓一一七室，那個被我命名為「鬼府」的房間牆上，釘上一張一九八四年的布製年曆。這年曆哪兒來的，我全然忘記了。但那畫面倒記得清楚，那是一個澳洲原住民，肩頭倚著根長矛，手持一隻回力鏢，坐進一片黃褐相間的空茫，守護著他下面那一年每個為人熟知的日子。

一九八四年可不是普普通通的年頭。由於喬治．歐威爾的大作《一九八四》，它早在真正到來之前，就已被寫進（刻進）了歷史。無論在世界哪個角落，也無論大家是否聽說過歐威爾、讀到過他那本書，冥冥之中，似乎早有無數人在等待它，聆聽著它一天天逼近的腳步聲，一個老大哥的世界，跋涉而來，停在門口，跨入屋內，直接抓住我們，這命運毫不留情，甚至不必學貝多芬那樣敲門。

我們都是《一九八四》的一代。中文版的《一九八四》，首先不是用文字，而是用人生寫的。老大哥、真理部新話、一〇一房間等等，既陌生更熟悉，在我記憶裡換名存檔，代替一本書，銘刻下我們稱之為「精神鄉愁」的八〇年代：現實傷痛激發出歷史和文化反思，更進一步，為我們的詩歌寫作找到了人生立足點。

解讀歐威爾的作品，可以分為三個層次：政治的、思想的、文學的。三個層次層層遞進，在無限趨近歐威爾，直至躍入他剝開的人性淵藪。

一、政治的：意即，批判的。毋庸諱言，這指的是基於二戰和冷戰經驗，對政治專制制度的批判。就如歐威爾在《一九八四》中直接點明的，那具體對象是納粹德國和蘇聯。歐威爾一生窮困潦倒，他最早出版的幾部書，並未引起公眾注意。直到一九四五年二戰結束，不久之後冷戰開始。世界劃分為資本主義、社會主義兩大陣營，各自宣稱代表了歷史和人性的正義。這競爭，不僅體現為經濟和軍事，更呈現在思想領域中。正是冷戰語境，使歐威爾相繼發表的《動物農莊》和《一九八四》，迅速獲得了極為具體（過分具體）的解讀，並由此暴得大名。西方讀者和評論界，直接把可見的社會現實「代入」這些作品，由此衍生出一套響亮卻膚淺的理解。歐威爾是個理想主義者，他一生經歷過大英帝國殖民地統治、英國貴族學校的階級歧視、在緬甸殖民地當警官、參與西班牙內戰等，由此訓練出高度的政治敏感，他當然不可能忽略冷戰開始時世界上的現實，任何對人的控制、對人性的摧殘，都是他反思的對象，而他的反思，又正是一種反抗的行動。《動物農莊》中憤起造反，終於又淪為新的奴隸的動物；《一九八四》中勇敢反叛，卻最後在靈魂裡被徹底毀滅的溫斯頓和茱莉亞，恰恰是歐威爾政治的——批判的形象代言人，他們的反抗是一種悲劇，但悲劇的反抗也是反抗，至少在他們決定反叛的一剎那，迸發出了一道覺醒的奪目光芒。因此，歐威爾的政治批判性，聚焦於那種由人建立，卻異化為非人（甚至反人類）的政治制度，他對此的態度毫不妥協。這構成了他創作中第一個層次。

二、思想的：掙脫任何群體思維，真正獨立思考和堅持全方位批判。只有可悲可怕的思維惰性和簡單化，會把歐威爾的思想意義，局限於一名所謂的冷戰作家。那同樣意味著，把他的作品貶低為宣傳工具式的小冊子。我們的老朋友、著名漢學家、作家西蒙·萊斯（Pierre Ryckmans，中文名：李克曼）評論歐威爾時，把他的文章命名為「政治的恐怖」，這裡第一層意思是政治壓迫本身的恐怖，更深一層則是，把一切簡化為政治的恐怖。他把歐威爾的思想主題，表述為「反極權主義」，這要準確、深刻得多。極權主義是一種社會型態，更是一種思維方式，它不受限於某個政治或地理概念，而是存在於一切人類社會中。在歐威爾生活和寫作的二十世紀五〇年代，這一點或許還不甚清晰，幸好，歷史也拒絕停滯，冷戰結束後，人類突然面對了一個叫作全球化的更深困境。冷戰時期的意識形態群體劃分、非黑即白的標語口號，一夜間統統失效。今天這時代，權力和金錢無所不在地緊密糾纏，迫使人類從價值混亂淪入精神真空，再墮落到赤裸裸的自私自利和玩世不恭。歐威爾用《動物農莊》、《一九八四》剖析的看得見的極權暴力，被兌換成了今天看不見的極權思維，當代老大哥長著權錢一體的面孔，既從外部系統控制，更滲透進世人的內心甚至潛意識的欲望，從那裡操控著人類，自覺或不自覺地參與同一場精神汙染的遊戲。我們誰不是目睹這個見眼前利益就抓的瘋狂世界而無可奈何？歐威爾早在近七十年前，就已經寫下了一部當代精神病理學的教科書。他的深度，體現在《一九八四》那個荒誕而真實的結尾上——「他戰勝了自己，他愛老大哥」，反叛者溫斯頓最終投入了老大哥的懷抱（成為老大哥的一部分），這精神毀滅的「喜劇」，遠比肉體毀滅的悲劇慘痛一萬倍。而環顧全球化時代，到處在肆無忌憚地利益洗腦，走投無路的人，是不是也都戰勝了自己，全心全意愛上了老大哥？甚至在爭當老大哥？歐威爾的噩夢，不僅成真，且無孔不入地深深進入每個人的內心，他地下有知，該會發出怎樣的一絲苦笑？

三、文學的：塵埃落定，歐威爾寫的是小說，一切思考，最終都要落實到文學上——就是說，小說的語言、形式、觀念上。歐威爾是思想大家，更是小說大師，他最鋒利的思想，注入、激發出了最新穎鮮活的小說創作，並因此如一潭深泉，能讓一代代讀者不停從中汲取著滋養。

歐威爾的語言特色，一言以蔽之：精確、清晰、有力。讀他的小說，常常使人感覺像讀一篇新聞報導，細節精準貼切、發展充滿動力、線索毫無雜亂、層次遞進分明。這樣的語言功力，既得益於他早年的記者經歷，也得承認，他深惡痛絕的伊頓公學貴族教育，也從旁助力不少。英語一如中文，語法靈活、可玩可弄，因此入門容易，精深極難，要讓語言純淨而又充滿節奏，全憑作家心、手、耳相通，讓被「聽到的」語言能量，引領筆下寫出的句子。因為有這種精準，所以他敢於抗衡讀者的惰性

（和商業化的花稍），而在《一九八四》這部長篇中，僅用三大章的清晰結構，就一氣呵成地把握住全部內在線索，何其簡潔而有力，相比之下，有些譯本把全書拆解分章、加小標題，則不免稍有蛇足誤導之嫌。

歐威爾的小說，常被人提及的是《動物農莊》、《一九八四》，其實，此外還有一部被他作為《一九八四》附錄的論文，標題是〈附錄：新話之道〉。這三部作品，文體截然不同。《動物農莊》是寓言故事，《一九八四》是政治幻想小說，〈附錄：新話之道〉是一篇（貌似）語言學的論文。但如此不同的文體，卻恰恰都是「小說」——在充分開放、豐富的虛構文學理念上。《動物農莊》裡那些孩子熟悉的豬啊狗啊、馬呀鳥呀，依然被描寫得活靈活現，彷彿和給孩子睡前朗誦的其他故事並無二致，但這裡講述的，卻是怎樣一個噬人的噩夢？《一九八四》三大章，結構緊湊如一部中篇小說，其中寥寥可數的人物，每個都滿滿負載著思想，而他們的交錯、相遇、結合、分離，又如此絲絲入扣，情節描寫時動人心旌，懸念緊張如偵探電影，而整部作品的思想推力，則像一張鋼製的邏輯網，張開在人物的內心裡，不停迫近那個哀莫大於心死的「喜劇結局」。歐威爾的創作中，《一九八四》是唯一一部尋常意義上的「小說」，不過，別擔心，幸好還有那部讓它立顯獨特的附錄〈新話之道〉。

我把〈新話之道〉作為一部小說創作單獨提出，因為它把歐威爾的小說實驗理念推到了極致。這篇不算長的文章，貌似語言學論文，探討的內容，卻是基於《一九八四》虛構世界的「新話」——一種刻意透過縮減詞彙量而剝奪思想能力的極權語言。這篇文章，堪稱一篇「話語專制」的自白。它透過解析「新話」中ABC詞類的造詞法和用法，詳細闡述了到二〇五〇年人類終將淪入的語言——思想空白的全過程。精彩的是，這篇荒誕得沒來由的「學術」論文，基於虛構、參與虛構，更直抵《一九八四》的虛構核心：深入一種虛構語言的極權本質。由此，它文體上離虛構越遠，反而越深入，打開了小說觀念，一件「作品」、一種真正的文學創造物。歐威爾用〈附錄：新話之道〉，給他的小說三部曲壓軸，從寓言、故事、論文層層推進，直至推出這部極權思維的詞典。一座自覺、有機的文學巨廈，就這樣矗立在我們面前。

歐威爾的小說，是哲學也是文學，是文學卻更飽含哲思。從他寫作之時至今，我覺得，這些作品裡，不停上演著一場詭譎的時間魔術。其中，《動物農莊》發表於一九四五年，《一九八四》發表於一九四九年，對那時而言，一九八四還是地平線那邊遙遙眺望的未來，而他小說裡的所有時態，卻全是事件已然發生的過去完成式。儘管過去完成式是傳統西方小說的常用時態，但用在標明確切日期的《一九八四》上，仍不得不說是對讀者心理的一大挑戰，造成的裂變，足以令人關注、深思其中內涵。隨時間推進，當我在「鬼府」裡掛起一九八四年曆，一九八四的世界，已經結束了漫長的逼近過程，成了我們自身的一部分。文本的過去式，兌換為人生的現在式。從那時再推進到二〇一八年，當我翻譯完歐威爾的作品，那個近七十年前寫下的過去完成式，已被理順得再自然不過了。我們的人生，在不停翻譯歐威爾，多好的巧合啊，這正是中文的時間！我們動詞的非時態性，讓一旦發生的事，就不得不無盡發生下去。由是，歐威爾小說的中文譯文，終於掙脫了現實的捆綁，它一舉還原成了思想本身，或者說是一首詩，宛如屈原寫下的、但丁寫下的，一首古今中外、人類的、人性的、命運、之詩。

一九八四年，當我把那張年曆掛進「鬼府」，從來沒想過，有朝一日我會出國，更沒想到，重譯歐威爾小說的重任，竟會落到我這個當年的英語文盲頭上。好在，剛剛過了的漂泊三十周年紀念日，印證了一段不期而來的人生。沿街「侃」出來的英文（我戲稱為「楊文」——Yanglish），逼著我習慣了逆流而上。而一切之上最重要的，仍是歐威爾的思想和文學力量，不僅沒隨著冷戰結束而褪色，恰恰相反，正對全球化時代的精神蒙昧，發動一次新衝擊。所謂經典，就是指這涵蓋時間、保持鋒利的能力吧？

到現在，當我告訴我的西方朋友，我正在翻譯歐威爾時，對方的反應幾乎都一樣，都是瞪大了眼睛問：「中國能出版歐威爾？」嘿嘿，他們哪裡知道，四十年前，董樂山先生的歐威爾譯文，就已經是我們這一代文學青年的啟蒙讀物了。但，也只在今天，當我坐下，開始一詞詞、一句句翻譯，才發現四十多年前，我們讀到的，最多只能算歐威爾的二手，甚或三手貨。最早的譯者，或許憂慮彼時讀者的理解水準，出於好意，給歐威爾漂亮精美的原文醇酒，兌進了不少中文翻譯文體的白開水，令細究之下，許多句子彎來繞去，拗口囉嗦。而無故添加的十六個細分章節和小標題，更打碎了歐威爾的一氣呵成。還不說全書的有機部分〈新話之道〉，乾脆被留在了書外……所以，我希望這版譯文，盡力還原出一個「中文原版的歐威爾」，結構上，完全遵循歐威爾的思想遞進層次；文體上，讓三部作品各自展示全然不同的個性；語言